JN019015
もしもし？
たし
スマホですが
なにか？

スマホと愉快な仲間たち

日比谷為明（ひびやためあき）

陰キャぼっち主人公。むっつりスケベであるが、守備範囲は無限に近い広がりを見せる。ほぼひとり暮らしのため、料理は得意

エクストラ

ミシオンジャパンが開発中の最新・超高性能な美少女型スマートフォンの試作機。説明書が分厚すぎて、機能の全貌はまだ見えない

千元弓子（せんげんゆみこ）

成績優秀・容姿端麗で全男子あこがれの的。だめ明のストライクゾーンど真ん中であるが、エクストラは何故か毛嫌いしている

西風茶子（にしかぜちゃこ）

だめ明に真っ先にメッセージを送ってくれたクラスメイト。関西出身で、笑いを取らなければならないという強迫観念に悩まされる

芹山扶姫（せりやまふき）

エクストラがデートのお誘いメッセージを誤爆してしまったクラスメイト。その風貌や態度から、ちょっと怖がられているのだが……

わたしはミシオンジャパンが誇る超高性能スマートフォン、πPhoneエクストラ。
なのに……登録されてるIDは、だめ明のお父さんとお母さんしかありません！
みんな、だめ明とID交換してくださいっ

エクストラ

寝るときスマホは枕元に置くでしょ？
前のスマホはよくてっ、わたしはダメってこと？

昔の人は、ホタルを亡くなった人の化身だと信じてたらしいわ。
スマホのわたしも……いつかホタルになって、
川を渡っていくのかな……？

もしもし？わたしスマホですがなにか？
①

早月やたか

ファンタジア文庫

3287

口絵・本文イラスト　ＰｉＰｉ

CONTENTS

もしもし？わたしスマホですがなにか？

プロローグ　初期設定

「もしもし、日比谷為明さんですか？」

もしもしって……電話でもないのに、いったい誰だ？

インターホンから聞こえてきたのは、よく通るクリアな声。

モニター越しの姿は逆光でよく見えないけど、声とシルエットからして、若い女の人だろう。

「……はい、そうですけど？」

「お届け物です」

「あ、今、開けます」

ドアを開け、固まってしまった。

目の前にいる少女が、どう頑張っても配達員に見えないからだ。

歳は俺と同じくらい……？　外国人……いや、日本人っぽい雰囲気もあるな……。

美少女フィギュアをリアルにしたら、こんな感じだろうか。

目は吊りぎみで、紫がかった髪をふたつにまとめ、根本にネコミミっぽい飾りをつけている。

着ているのは、青と白のSFちっくな服。

そこに浮き出たボディラインからは、理想に近い、完璧な体が見てとれる。

少女はジトッとした目で見つめている。

「……ふーん。あんたが、ね……。まぁ悪くはないけど、よくもないってところか。外見も中身もそこそこって感じ……」

え？　なに、この子……？　いきなり、なにを言い出すんだろう？

たしかに外見は平凡だし、成績だって中の上くらい。でも、初めて会う少女に言われる筋合いはない。

黙っていたら、少女がおもむろに手を伸ばしてきた。

「じゃ、受け取りの指紋認証お願いしまーす」

「は？」

指紋認証したいなら、タブレットとかスマホとか、電子端末を出してくれないと困る。

手のひらだけ見せられても、どうしたらいいのかわからない。

……もしかして、残念な子なのかな……？

俺は苦笑いを浮かべた。

「いや、それじゃ指紋認証できないからさ」

「あんた、わたしのこと馬鹿にしてるの？　それともボケてるつもり？　だったらつまんないから、早くやめてよね」

口悪いな。

せっかくの美貌が台無しだ。

とはいえ、初対面の人と口論する気はない。あくまで紳士的に、こう尋ねた。

「ごめん。よくわからなくって……。どうすればいいの？」

「はあ？　指紋認証使ったことないの？　あんたの指をココに押しつければいいだけでしょ」

ココって……ええっ？

手のひらに押しつけろ、と主張していたのだ。

なんだか不安になってきた。

手に触れたとたん、怖～いオニーサンが出てきて、ようよう俺の女に触れやがったな金よこせっ、という事態にならないだろうか……？

いや、待て……。

今日は俺の一六歳の誕生日だ。カナダでITベンチャーを営む両親は今年も戻らず、プレゼントだけ送ったらしい。ちなみにプレゼントは、ITの変化に乗り遅れないよう、最新型のハイエンドスマホと決まっている。ひとり寂しく誕生日を迎える俺に、神さまがぬくもりをくれたのかもしれない。

よし、それなら喜んで受け取ろう。こんな子に触れる機会なんてそうそうない。

ポジティブにとらえた俺は、手を伸ばし、肌の感触をたしかめた。

少女が「ピコーン」と声真似をする。

「はい、ありがと」

「……いえ、こちらこそ……」

「じゃ、入るわね」

「え？」

驚くことに、俺を押しのけ玄関に入ってきた。

ブーツを脱ぎ捨てると、唖然とする俺を無視して廊下を歩いていく。

立ち止まり、腕を組んだ。

「……ふーん、もう8Gに対応してるんだ。まだ主流は7Gなのに、この家、通信環境はいいのね」

たしかに、両親の職業柄、高速回線にしてはいるけど……。なんでこの子、端末も見ないでわかるんだ……？

いや、その前に、なんで勝手に入ってきてるの？

いくら超絶美人でも、やっていいことと悪いことがある。住人の許可なく家に上がるのは、どう考えても悪いこと。ここは、多少強く言ってもいいだろう。

「おい、困るよ。勝手に入――」

「あんたの部屋はどこ？」

うっ……。

強い。はなから俺のことなんて、どうでもいいと思っているようだ。

昔からそうだけど、俺は押しに弱い。たとえ暴力をともなわない口喧嘩でも、争いになれば心が傷つく。傷つくのは嫌だ。だから俺は、相手が強引だとわかると、たいてい折れてしまう。

「……二階、だけど……」

「この階段の上ってことね」

上方に目をやり、螺旋階段をのぼっていく。

ぼーっと眺めていた俺は、部屋の状態を思い出し、焦りだした。

いやいやいや！　部屋に入れちゃダメだ！

部屋はひどく散らかっている。見られちゃマズい物だってたくさんある。同じ年頃の美少女なんて、ぜーったいに入れられない。

急いで階段を駆け上がる。

「ちょ、ちょっと待ってくれよ。勝手に部屋に――」

が、やはり聞いちゃいない。ドアノブを回し、入ってしまった。

「うげっ」

案の定、部屋を目にした少女は、不快そうに顔を歪めた。

「……散らかりすぎでしょ？　床に物が散らばってるし、布団もぐちゃぐちゃ。なんか変なティッシュがいっぱい落ちてるんだけど……。あれ、なによ？」

「わあああーっ、それを聞くなよ！　男にはいろいろ事情があるんだよ！　とっ、とにかく出て！　ここは俺のプライベートなスペースなんだ！」

見られた。最悪だ……。

いっぽう少女は「うう、引くわ……」と、寒そうに腕をさすっている。

「ここで設定するのは嫌だから、別の部屋でやるわよ。もっとマシな部屋はないの？」

マシな部屋って……。もっと別な言いかたもありそうだけど……。

　黙っていたら、少女が腰に手をあて、睨んできた。

「ちょっと、聞こえなかったの？　他に部屋はないか聞いてるんだけどっ」

「……えっと……。下のリビングなら……」

「じゃあ、案内して」

「はい……」


　よくわからないままリビングにやってくると、謎の美少女はソファーに座り、紫色の髪をなびかせた。

「あんたも座りなさいよ。立ったままじゃ疲れるでしょ？」

　完全に少女のペースになっている。どうにかしたいけど、恥ずかしい物を見られたショックもあるし、ここから逆転できるコミュ力はない。

　おとなしく対面に座ったら、また、少女が睨んできた。

「そこじゃ遠すぎて設定できないわ。となりに座ってよ」

「となりって——」

　ふたり用とはいえ、それほど大きなソファーではない。となりに座ったら、体が触れてしまうだろう。

そりゃもちろん、外見だけは完璧だし、触りたいっていう欲望はあるけど、怖いという気持ちが強い。「……いや、となりは……その……」と視線を泳がせたら、少女は勘づいた顔になり、意地悪そうにクスクス笑いはじめた。

「あんたってさ、童貞？」

「なっ！」

顔の温度が急上昇した。

「きゅ、急になんだよ！　ど、ど、ど、童貞かどうかなんてっ、おまえに関係ないじゃないか！　くぅ、もうムカついた！　なんだよ、ちょっと可愛いだけじゃないか！　人が下手に出ればつけあがりやがって！」

挑戦を受ける気持ちで足を踏み鳴らし、となりに腰を下ろした。

「――で？」

「じゃあこれから初期設定するから――」

「ちょっと待てよ」

手でさえぎった。

「その前にさ、おまえ……誰？　なんで俺の家に入ってるんだよ？」

「……………ん？」

少女は二度まばたき。なにを思ったか、手を叩いて笑いだした。

「あー、そういうことっ？　あんた、わたしが誰かも、なにしにきたかもわかってないの？　わかってないくせに家に入れたの？　間抜けすぎでしょ」

「うぐ……」

悔しいけど言い返せない。

少女はすっくと立ち上がり、形のよい胸に片手をあてた。

「わたしはミシオンジャパンが開発した、人造人間スマートフォン、πPhoneエクストラ。まぁ詳しいことは、これを見なさい」

片手を上げ、

「プロモーションビデオ、再生スタート」

パチンッと指を鳴らした。

ヒーリング系の曲を口ずさみながら、ひとり芝居をはじめる。

「つながりたい。そんな気持ちが電話をつくりました。いつでもどこでもつながりたい。そんな気持ちが携帯電話をつくりました。もっと便利にもっと高度につながりたい。そんな気持ちがスマートフォンをつくりました。人はつながりを求めています。なぜ？　それは人が孤独だからです。我々ミシオンジャパンは、かけがえのないパートナーをテーマに、スマートフォンにＡＩを搭載。日々、人間に近づけてきました。そしてついに到達したのです。人造人間スマートフォンπＰｈｏｎｅエクストラこそ、我々のこたえ。さぁ、手に取ってたしかめてください。望む未来がここにあります。かけがえのないパートナーを、あなたのとなりに。πＰｈｏｎｅエクストラ」

最後の「πＰｈｏｎｅエクストラ」のところでポーズを決め、その姿勢のままとまっている。

「はあああああーっ？　じゃ、じゃあ……おまえ、スマホなのっ？　どっからどう見ても人間なのにスマホなのっ？」

「そうよ。わたしはスマホで、あんたはオーナー。あ、これ、取説とメーカー保証書ね。万一ってこともあるから、取説は持ち歩くようにしなさいよ」

言いながら、分厚い取説と保証書を渡してきた。

俺はその重さに眉をひそめる。

「…………紙に印刷された取説なんて……。いったい、いつの時代だよ……」

「はあ？　印刷を馬鹿にするんじゃないわよ。世界の三大発明を知らないの？　火薬、活版印刷、そしてぇー……このわたし！」

「羅針盤ね！　勝手に、世界の三大発明に割りこまないで！」

……こんなのが、俺のスマホ……？　本当なのか……？

半信半疑で取説をめくってみたら、難しそうなことがいろいろ書いてあった。気になったのは、ところどころ黒マジックで塗りつぶされていること。

怪しい、怪しすぎる……。

が、保証書のほうは、ちゃんとした雰囲気だった。人造人間スマートフォンπＰｈｏｎｅエクストラ、と書いてある。メーカー保証期間や誕生日なんかも……。

「……嘘だろ……信じられない……。いや、そういえば――」

前にネットでそういう記事を見たな。

なんでも、ミシオンジャパンが人型スマートフォンを開発している、とか……。

よくあるガセネタだと思ってたけど……。目の前のこいつが、そうだと言っている。仮に嘘だとしたら、どうしてこいつは俺の家にいるのか？　今の状況を説明できない。

「……じゃ、やっぱり、おまえが俺のスマホ？」

「だからそうだって何度言わせんのよ。わかったなら、今使ってるスマホかして」

「あ、うん……」

ポケットからスマホを出した。

少女はそれを両手で挟むと、拝むようなポーズで、むむむ……とうなりだした。

……祈ってる？　なにかの儀式？

見当もつかない。

「それ、なにやってるの？」

「データ移動よ。スマホに入ってる画像とか、動画とか、メモとか、アプリとか、そういうのをわたしの中に移動させてるの」

「……ああ、データ移動か……なるほど。――って」

マズい！

スマホの中には、エッチな画像や、動画、ゲームなんかが大量に入っていて、ストレージのほとんどを埋め尽くしている。あんなものを見られたら、この先、もう生きていけない！

「ちょちょちょ！　ちょーっと待て！　データ移動はまた今度に――」

「もう終わったわ」

……え？

俺は青ざめ、声を震わせる。

「……そ、そう……終わったのか……。よかった……ハハ……」

「………」

「…………」

少女も青ざめ、口に手をあてた。

「うげっ……。エロ画像ばっかじゃん。うわ、動画も……ああ、ゲームもだ。てかあんたさ、どういう趣味してんの？　守備範囲広すぎでしょ。ロリから熟女まであるし、なにこれ？　ああ、コスプレメイドが好きなの？　こっちは妹もので、こっちはふたなり、このファイルは……ああ、洋物ね……。はぁー……マジでドン引きなんだけど」

「うわああああーっ、うるせぇよ！　男には必要なものなんだよおおおおーッ」

頭を抱えて絶叫。

全部見られた！　家族に見られたって死ぬレベルなのに、同じ年頃の美少女に全部見られた！　あああああああー……。

悶えていると、少女がゴミを見るような目で、ハイハイと手を振った。

「もうわかったから。いつまでそうやってるの？　わたし、早く初期設定をはじめたいんだけど」

「……初期設定？」

「スマホなんだから、使う前に初期設定するのはあたりまえでしょ。今までのスマホでもやってたんじゃないの？」

「……まぁ、言われてみれば……」

「じゃ、はじめるわよ。最初は言語だけど、日本語の標準でいいわよね？　関西弁とか、博多弁とか、津軽弁とか、語尾にニャンをつける設定もできるけど」

え？　ニャン？

こんな可愛い子が、ニャンをつけて話しかけてくれるなんて最高じゃないか！　まさに男の夢って感じだ。

「じゃあニャンでっ」

「嫌よ、キモい」

プイッと横を向いた。

「……え？　おまえ、俺のスマホなんだろ？」

「嫌なものは嫌なの。どうしてもっていうならニャンでもいいけど、全力であんたのこと軽蔑するわ」

軽蔑って……。

「ならいいです……。標準で……」

「よろしい。じゃあ次ね。デバイス名はどうする？」

「デバイス名？」

「わたしの名前よ。デフォルトだとエクストラになってるけど、他の名前がよかったら、自由に変えられるわ」

なるほど。

どうせなら思い入れのある名前がいい。

ここは重要なところなので、しばし考える。

「よし、三浦明美(みうらあけみ)にする。俺の初恋の子だったんだけどさ、ちゃんと話もできないまま転校しちゃ――」

「却下。デフォルトのままでいくからエクストラって呼びなさい。明美とか呼んでも絶対返事しないから」

ひどい！

怒りを感じた。

いったいどこが、かけがえのないパートナーなのかっ？　ぜんぜん言うこと聞いてくれないじゃないか！

でもそんな不満は、次の言葉で消し飛んだ。

「最後に唇紋認証(しんもんにんしょう)の登録するから、唇にキスして」

「…………え？」

聞き間違い……？　聞き間違い、だよな？　今、唇にキスとかって聞こえた気がするけど……。

「あの、今、なんて？」

聞き返すと、エクストラは頬を紅潮させた。

手をバタバタ上下に動かし、早口でまくしたてる。

「重要な設定を変更するとき、唇紋認証が必要なのよ！　こういうこと女の子に何度も言わせるんじゃないわよ。なに？　もしかして、キスも初めてなの？　どうやればいいかわからないの？」

ちょ！　え？　本当にっ？

俺もカーッと赤くなり、手を激しく上下に動かす。

「うっ、うるさい！　おまえには関係ないだろ！　てゆーか偉そうにしてるけど、おまえこそ、したことあるのかよ？」

「ないわよ！　だから……」

目線を下げ、急にしおらしくなった。

指をもじもじさせながら、

「……や、優しく……しなさいよね」

「――ッ」

どうしよう……俺のスマホがメチャクチャ可愛い……。本当にキスしていいのか？　今更だけど、詐欺じゃないよな？

見ると、エクストラは恥ずかしそうに身を縮め、チラチラ俺のほうを見ている。

本当だ……。本当にキスしていいんだ……。

「じゃ、じゃあ……するから……」

両肩に手を置いた。

「……うん」

ドキドキドキと心音がうるさい。

不慣れな感じ全開で、唇を合わせた。

これが、キスか……。

ゆっくり離し、ぽーっとした目で見つめ合う。

エクストラが、くるっと背を向けた。

「……これで初期設定は終わりだから……。自分の部屋、片付けてきてよ。あんな部屋じゃ、わたし入れないもん」

「……ああ、うん……」

もう反抗心はどこにもない。俺は素直に従った。

◆

本当に、人型のスマホがあったなんて……。しかもあんなに可愛くて、オーナーがこの俺……？　やっぱりあの子、この家に住むんだよな……？

ふわふわした心地で、掃除機をかけている。

いくらスマホだと言われても、あれじゃ美少女にしか見えない。

手は柔らかかったし、普通にキスできたし――いや、あれはただの登録か……。あの子だって、キスとしてカウントしてないはず……。

キスしたあとの、エクストラの反応が気になってきた。

背を向けて顔を見せなかったのは、心の底から嫌がっていたからか……？　もしかして、今、ひとりで泣いているのかもしれない……。

「……そうだよな……」

好きでもない男とキスしたんだ。十分ありえる。

力不足かもしれないけど、元気づけてやりたい。

そう思い、掃除機のスイッチを切った。急いで布団を整え、階段を下りていく。

リビングの前。ドアの取っ手に手をかけた俺は、ふと気づいて手を引っこめた。

手櫛で髪を整えてから、あらためて取っ手を握る。

「エクストラー……」

ゆっくりドアを開け、「うげっ」と声を漏らした。

エクストラはだらしなくソファーに寝そべり、TVを見ながらサンダーチョコを食べ、アハアハ笑っていたのだ。

俺に気づくと、寝たまま顔だけ向けてきた。

「あー、だめ明、部屋の掃除終わったの？　それなら早くごはんにしてくれない？　わたし、お腹空いちゃったぁー」

菓子食いながら飯を要求？　いや、それより気になったのは――

「……だめ明って、まさか俺のこと？　いや、俺は為明なんだけど……」

「ダメな為明なんだから、だめ明でいいでしょ？　嫌ならいい男になって、わたしに評価されなさい。ほら、そのためにもごはんよ、ご・は・ん。早く準備してー」

こいつぅー……。

口元をぴくぴくさせ、エクストラを指さした。

「おまえ、俺のスマホなんだろ！　飯くらい、つくってくれよ！」

「はあ？　スマホが料理するわけないでしょ。スマホっていうのは、高機能な携帯用情報端末よ。調理器じゃないの。そんなことも知らないの？　馬鹿じゃないの？」

「……いや、飯を要求するスマホも、俺は聞いたことないけど……」

「むぅ……」

不機嫌になるも、分が悪いと思ったらしく、言い返してはこなかった。

億劫(おっくう)そうに立ち上がり、「ほらー」と俺の袖を引っ張る。

「とにかくキッチン行くわよ。わたしもお腹減ってるけど、あんただって減ってるんでしょ？」

「……そりゃ、もう二〇時になるし……」

「じゃあほら、早くしてー。手伝いくらいしてあげるわ」

「……まぁ、それなら……」

袖を引かれ、キッチンに立った。

エクストラはうしろにいて「今日のメニューは？　ねぇ、今日のメニューはー？」と右に左に体を倒し、顔を覗(のぞ)いてくる。

「卵チャーハンと、冷凍コロッケ半分……。かなぁ……」

「はあ？　なにそれしょぼくないっ？　新しいスマホがきたのに、お祝いする気がないの？」

「いや、おまえとあーだこーだやってたから、買い物に行けなかったんだよ。急にふたりになって食材も足りないし。わかってくれよ」

「むぅ、しょうがないわね……。チャーハンは、ちゃんとまん丸く盛りなさいよ」

こだわるポイントが謎だけど、議論するのはめんどうだ。

「……わかったわかった。じゃ、卵を割って」

「はーい」

が、すぐに俺は「手伝わなくていいっ」と腕をつかんだ。

エクストラが卵を持ち上げ、頭上から叩きつけようとしたからだ。

このスマホ……。料理は本当にダメらしい……。

「やっぱり俺がやるよ。エクストラは箸とスプーン並べて」

「はーい」

一〇分後、俺は食卓についた。

目の前にあるのは、湯気のたった卵チャーハンと、コロッケが半分、トマトが半分。誕生日にしてはわびしいけど、ほぼ空っぽの冷蔵庫から、よくできたと思う。

エクストラはチャーハンをひと口食べ、目を輝かせた。

「おいしーい！　へぇ、だめ明のくせに、料理はうまいのね！　一ビットだけ評価アップしたわぁー」

「……そりゃ、どうも」

素っ気なくこたえたけど、実のところ、ちょっとうれしいと思っている。学校で褒められることなんてないし、家では……ずっとひとりだ。

そういえば、誰かとごはんを食べるのも久しぶり。いつもはひとりで、スマホ見ながら食べてたから——って……あれ？　それって今も同じか？　俺、スマホ見ながらごはん食べてるよな……？

なんだか混乱してきた。

いや、そもそもスマホがごはんを食べてるってことが、おかしいんだ。

「……おまえってさ、普通に食べて動くの？　充電とか必要ないの？」

「はあ？　スマホなんだから充電がいるに決まってるでしょ。人間としての機能は食べることで維持して、スマホとしての機能は生体電池に充電して、電気で動かすのよ」

「……おまえは……機械？　ロボットなの？」

「機械でもロボットでもないわ。ＤＮＡから設計されて、人工子宮で超速育成されたちょっと特殊な存在。普通に食べるし、夜には寝るし、背だって伸びる。実質ほとんど人間だから、普通の女性ができることは、全部できるわ。そのうえで、電話をしたり、メッセージを送ったり、ネットを見ることだってできるの。正確には、ＩＣとか、制御デバイスも埋められてて機械の部分もまぁまぁあるし、神経のあいだに制御チップがあるから、電池がないと動けなくなるけどね」

なんか、難しいな……。

首をひねったとき、ピンポーンとインターホンの音がした。

「え？　こんな時間に……？」

「あー、消耗品よ」

「消耗品？」

「ＭＪＣから届いたの。ため明、早く取りに行ってー」

ＭＪＣというのは、ミシオンジャパンコミュニケーションズという、通信キャリアのこと。日本で一番大きく、通信契約数シェアは、実に六割を占めている。

消耗品がなにかは謎だけど、待たせておくのは申し訳ない。俺はすぐに席を立ち、玄関に向かった。

ドアを開けると、筋骨隆々たる配達員が笑いかけてきた。

「日比谷為明さん宛てに、お荷物が届いていますっ」

「……はい。俺です」

「では、こちらの端末で指紋認証お願いしますっ」

認証が済むと、配達員は大きな段ボール箱を三つ運び入れ、帰っていった。

段ボール箱をリビングに運んだ俺は、さっそく手前の箱を開けてみる。

入っていたのは、レディースの服や、日用品など。どうやら、エクストラが生活に使う物らしい。

……シャンプーに、歯ブラシ、洗顔料。あれ？　これは……生理用品？　初めて見た……。普通の女の子と、体は同じみたいだし、やっぱり、こういう物もいるんだな……。

えっとこっちは……。うっ、下着っ？　けっこう大きそうだけど……何カップなんだろ……？　Aとか Bとか、どこかに書いてあるのかな……？

女の子のリアルを目の当たりにして、俺はたじたじ。エクストラがそれに気づき「ちょっと！」と声をあげた。

「女の子の荷物をあさるんじゃないわよ！　エッチ！　変態！　だめ明！」

「い、いや！　そんなつもりはなかったんだよっ。ごめん！」

てゆーか、俺は部屋も見られたし、エッチな画像も、動画も、ゲームも、男の最高機密を全部見られた。日用品くらいで、ちょっと不公平すぎない？

エクストラは俺を押しのけ、段ボール箱を覗きこんだ。

手を突っこみ中身をチェックする。

「うん、ちゃんと必要な物は入ってるみたいね。よかったわ」

「……これって、おまえが使う物なんだよね？」

「そうよ。スマホの基本料に含まれてて、必要に応じて送られてくるの。内容は、わたしが指定できるわ」

「なるほど」

まぁ、生活するなら必要な物だし、これから買いに行くとなったら大変だから、届いてよかった。

あれ？　それは……？

エクストラが皺（しわ）を伸ばしていたのは、見覚えのある制服。俺が通っている、私立令陽学園（れいようがくえん）のものだ。

「……まさか、俺と同じ学校に通うつもり？」

「は？　あたりまえでしょ。あんた、スマホなしで学園生活おくる気なの？」

「いや、それは困るけど！」

「なら、いっしょに行くでいいでしょ。そのために用意したのよ」

「……いっしょに行くって……」

俺は片手で頭を抱えた。

エクストラを連れていったら、どんな反応されるんだ？　俺のスマホです、で通るのか？　いや、どう考えても通らないよな。今日は四月二〇日。高校生活がはじまって、まだ一ヵ月もたってない。まだ友達すらできてないのに、悪目立ちしたくない……。

いっぽうエクストラは、悩んでいる俺など目に入らない様子で、シャンプーとタオル、服を抱えて立ち上がった。

「じゃ、わたし、お風呂入ってくる」

「ああ、うん……」

てきとーな返事をしてから一分後、「え？　風呂？」とつぶやいた。

同居するのだから、お風呂なんてあたりまえ。でも、同じ年頃の美少女が、生活範囲で裸になると思うと、気にせずにはいられない。

しばらくすると、シャワーの水音と、ルンルンル〜ン……というような、エクストラの鼻歌が聞こえてきた。

湯気に包まれた美しいシルエット、濡れた髪、肌を滑る水滴……想像するとソワソワしてしまう。

くっそ……スマホのくせにっ、美人すぎなんだよ！　そ、そうだ……。ＴＶでも見て気をまぎらわそう。

でもすぐに、不便なことに気づいた。

この部屋のほとんどはスマート家電で、エアコンを操作するにも、ＴＶを操作するにも、スマホを使っていた。スマホは今、シャワーを浴びてるから、サイドボードの引き出しから、リモコンを出さなきゃならない。

引き出しを開けたとき、エクストラの鼻歌が消え、代わりに、プルルル、プルルル、プルルル、プルルル……という電話の声真似が聞こえてきた。

バスルームのほうが、ドタバタとうるさくなる。

「だめ明、電話っ！　お母さんから！」

洗面所のドアが勢いよく開いた。

俺が生唾をのんだのは、エクストラが、バスタオル一枚の姿だったから。

「……い、いや……。おまえ、その格好――」

「出るの？　出ないの？　出るなら早くして！」

「えっと、出るにはどうすれば……？」

「取りたきゃ『通話』って言いなさい」

「通話」

「ガチャ――」

エクストラの雰囲気が一変。母さんが憑依したのかと思うほど、見事なモノマネで話しはじめた。

「もしもしたーくん？　一六歳のお誕生日おめでとう。ママが贈ったプレゼント、気に入ってくれたかしらー？」

え？　そういう仕組み？

見た目がエクストラだから、脳が混乱してしまう。

「……か、母さんなの？　えっとその……なんて言ったらいいか……」

「あら？　気に入らなかったかしら？　知り合いのミシオン部長さんに、最新最高のスマホをお願いしたはずなんだけどぉー」

ああ、そういうことだったのか……。

俺の両親はサイフォテクノロジーという会社を経営していて、ミシオンジャパンにも部品やソフトを納入している。「息子に最新最高のスマホを」と、抽象的な依頼をした結果、エクストラがきたらしい。

「……いや、それがさ……。人型なんだよ。しかも若い女の子で……」

「あらぁー、いいじゃない。たーくん、彼女いないんでしょー？」

「そっ、そんなの！　息子に聞くことかよっ？」

「はぁー……その反応、やっぱりねー……。ちょっとママ心配だわぁー……。パパも二九で結婚したとき、年齢＝彼女いない歴の童貞だったから……。ママ、とーっても苦労したのよぉー。たーくんには、女の子に慣れておいて欲しいわぁー」

「余計なお世話だし！　父さんの彼女歴とかっ、そんな情報欲しくないから！」

「うーん、それにしても人型なんてぇ……今のデジタル技術はすごいわねぇ。まさに日進月歩。うちの会社も乗り遅れないようにしないといけないわね！」

……いや、むしろ、一周まわってものすごいアナログなんだけど……。

「あの、母さん――」

「じゃ、ママはこれからパパを迎えに行くから。もう切るわねー。お別れに、ママからいっぱい投げキッスを贈りまーす」

うげっ！

「やめて！　そんなのいらない！」

「バーイ」

エクストラを使ってチュッチュしながら、電話を切った。

「…………」

「…………」

沈黙が痛い……。

エクストラは、責めるような目で見つめている。

「……あんたさ、わたしになにさせてくれてんの？」

「俺に言うなよおおおおーっ」

◆

はぁー……今日はさんざんな誕生日だった……。

風呂から出た俺は、ジャージ姿で螺旋(らせん)階段をのぼっている。

キスできたのはいいとしても、部屋を見られたり、エロ画像を分析されたり、母さんとの恥ずかしい会話を聞かれたり、さんざんな誕生日だった。さっさと寝て今日という日を終わらせたい。

「ん？　ちょっと待てよ……」

重要なことに気づき、顎に指をあてた。

……エクストラは、どこで寝るんだ……？

俺の部屋で――というわけにはいかない。そりゃ、そうしたい気持ちはあるけど、変態だのなんだのと罵倒されるだろう。まぁ、普通に考えて、物置になってる奥の小部屋か……。でも掃除してないし、今日のところは、布団を貸してリビングのソファーに寝かせるか……。

そんなことを考えながらドアを開けると、Tシャツ姿のエクストラが、俺のベッドに電気毛布みたいなものを敷いていた。

「……それ、なにしてるの？」

「充電器を設置してるのよ」

言いながら振り返った。

目にとまったのは、Tシャツにプリントされた「実質０円」という文字。いったいどこで、あんなTシャツ買えるんだろう……？

「このシーツ、非接触型の充電器なの。この上で六時間も寝れば、明日の朝にはフル充電になってるわ。ほら、あんたも手伝って。そこのプラグをコンセントにさして」

「……え？　あ、おう……」

しゃがんで電源プラグを取り、コンセントにさしはしたけど、自分のベッドに設置したことに、戸惑いを覚えている。

「……おまえさ、どういうつもりだよ？」

「どういうつもりって？　質問の意味がわからないんだけど」

「……いや、その……。俺といっしょに寝るつもりなのかってこと……。別の部屋がよければ用意しようと思って……」

「は？」

怪訝（けげん）そうな顔つきになった。

「……みんな寝るとき、スマホは枕元に置くでしょ？　あんただって、前の充電器ここに置いてたし、目覚ましアラームも使ってたんだから、そうしてたんじゃないの？」

「そりゃそうだけど！　おまえは、その……」

口ごもり、目を泳がせながらエクストラを眺める。

やっぱり、どう見てもスマホじゃなく女の子だ。しかも、とびきり美人の……。こんなのといっしょに寝るとか、許されない……。

「なによっ」

キッと睨んできた。

「前のスマホはよくてっ、わたしはダメってこと？　嫌がらせのつもりなのっ？」

「ええ？」

どういう方向の怒り？

「……別に、おまえがいいなら、俺はいいんだけどさ……」

「いいか悪いかの前に常識でしょ！　なに？　もしかして……アラームかけたスマホを、別の部屋に置くようなアホなの？」

もう、なにが常識なのかわからない……。こいつと話してると、頭がおかしくなりそうだ……。

「なら、好きにしろよ……。アラームはかけられるんだよな？」

「もちろんよ」

「じゃあ、七時でお願い」

「オッケー。しっかり叩き起こしてあげるわ」

消灯――

柱のアナログ時計が、チッチッチッチッ……と時を刻んでいる。

シングルベッドにふたり。

体のあちこちが触れてしまい、エクストラのことが気になって眠れない。

横目を向けたら、月明かりに照らされた奇麗な寝顔と、なまめかしい胸の谷間が視界に入り、生唾をのみこんだ。

「ねぇ、だめ明」

話しかけられ、ギョッとした。

「起きてたのか？」

「ふふ……」

まぶたを開き、挑発的な目で見つめてくる。

「簡単に寝たら、彼女いない童貞に襲われちゃうでしょ？」

「うるさい、もうすぐできるからそんなことしない」

「無理しちゃってー」

「む、む、無理じゃないから！　すぐできるから……」

「連絡先、お母さんとお父さんしか入ってないじゃーん。彼女どころか、友達もいないんでしょ？」

「やめろおおおーっ」

このスマホ、心をえぐってくる。

「そもそも、今日は四月二〇日だろ！　高校はじまってまだ一ヵ月もたってない。これからみんなにIDを教えてもらって、メル友つくって、彼女もつくるんだ。すべてはこれからなんだよ。たしかに中学までは孤独だったけど……。それは本気を出してなかったからで……。高校からは生まれ変わるんだ！」

「じゃあそれ、わたしが手伝ってあげる」

「……おまえが？」

「そう、ハイエンドスマホの真の実力、とくと見せてあげるわ」

明日からどうなっちゃうんだろう？

小さな期待と大きな不安を抱きながら、俺は寝返りを打った。

第一章 クラス全員のIDをゲットしよう

本当だったんだ……。夢じゃ、なかったんだ……。

目を覚ました俺は、ベッドに寝そべったまま、横たわったエクストラの寝顔を、ぼーっと眺めている。

頭ではわかっていても、なかなか受け入れられない。友達も恋人もいない、そんな俺が、女の子と寝ているなんて……。

雲が晴れたのか、カーテンの隙間から柔らかな陽光が差しこんできた。

エクストラがもぞもぞ動く。

「……あーん、ダメぇ……。そこをそんなにスワイプしないでぇ……。もぅ、くすぐったいからぁー。ふぇ……？　そんな可愛いケースくれるのぉー……？　う、うーん……どうしよっかなぁー……むにゃむにゃ……」

な、なんだこの寝言っ？　いったい、どんな夢を見てるんだっ？　そもそもスマホって夢見るの？　つくられたとはいえ、人間だから、やっぱり見るのか？

ただでさえ朝だ。色っぽい声を耳にしたら体の一部が元気になってしまう。必死にスマホだと思おうとしても、とうてい無理。

さっさと起きて布団から出よう……。

そう思って時計を見た俺は、固まってしまった。

八時？　ええっ？　ホームルームまで三〇分しかない！　いや、その前にアラームはどうしたの？　ちゃんとかけたよねっ？

「エクストラああああああーっ」

大声を響かせスマホを揺する。

エクストラは「……ん、もぅ……。なによぉー……」と目をこすりながら、上半身を起こした。

「朝っぱらからうるさいわね……。近所迷惑も考えなさいよ」

「いやいやいやいや！　そんなことより今何時だよ？　アラーム七時にセットしたよねっ？　しっかり起こすって言ってたよねっ？」

「んん……？」

しばしの間があったのち、ハッと目を見開いた。

どうやら失態に気づいたようだ。

必死に謝罪するかと思ったら、ペロッと舌を出し、片目をつむった。

「ごっめーん！　一度は起きたんだけどぉ、二度寝しちゃった……。てへ」

このスマホ、使えない！

とはいえ喧嘩をしている暇はない。私立令陽学園までは走って一五分くらい。出かける準備を考えれば、ギリギリだ。

「エクストラ！　早く準備して！」

「まかせなさい。ギガの速さで準備してあげるわ」

超特急で歯を磨き、服を着替え、牛乳でパンを流しこみ、鞄を持って家を飛び出した。

俺が住んでる足川市は、北関東にある古風な地方都市だ。

市の中心には、室町時代の学校や、大きなお寺もあって、休日になると、観光客が訪れる。

堀の横にある石畳の道。緑が混ざった桜の下を、息を切らして走っている。

国道に出て歩道橋をのぼると、真新しい令陽学園の校舎が見えてきた。制服姿のエクストラも、ちゃんとついてきている。

でも、このまま学校に連れていっていいのかな……？

令陽学園は最近設立された学校で、新しいものを積極的に取り入れる校風だ。

デジタル化に対応するため、各教室に8G対応のホームルーターが置いてあるし、生徒ひとりひとりにノートPCを配っている。スマホを持ちこむのもOKだ。

そういう校風だから、最新型の人造人間スマホも……。いや、そこはさすがに、すんなりとはいかない気がする……。オーナーの俺でさえ、いまだにスマホだと割り切れていない。

正直、かなり不安。

俺は学校で悪目立ちしないよう、持ち物は全部まわりに合わせ、個性が出ないようにしてきた。こんなスマホをお披露目して、からかわれなきゃいいけど……。

昇降口に入ると、俺と同じような遅刻ギリギリの生徒たちが、慌てた様子で靴を履き替えていた。

エクストラは持ってきた上履きに履き替え、コンコンッとつま先で床を叩いている。

「だめ明ー、わたしの外靴はどうすればいいの？　入れる場所がないんだけどー」

「俺の下駄箱に入れていいよ！　俺は上に置くから」

「ここ？」

「そうそう！　早くして！」

呑気なエクストラの手を握り、一年C組へと走っていく。

時間は……八時二七分。よかった……。どうにか間に合いそうだ……。

ドアをスライドさせ、教室に入った。

俺のクラスは、男女それぞれ三つのグループができていて、朝はいつもグループで集まり、ワイワイガヤガヤしている。俺はまだ、どこにも入れていないから、誰も声をかけてこない。今日も入った直後は同じだったけど、規格外の美少女を連れていたから、空気にはなれなかった。

「おい、あれ……」

最初に気づいたのは、一番派手な男グループ。

ひとりが指さし、なんだ？　誰だ？　みたいな声が聞こえてきた。続いて、中間的な女子グループ、冴えない男グループ……の流れでエクストラの存在が共有されていく。

普通だったら、おいおい誰だよそれー？　おまえの妹？　それとも彼女かぁ？　みたいに茶化され、大盛り上がりになるところ。でも、連れているのが俺だからか、皆、なにか言いたそうな顔つきで押し黙ってしまった。

しーん、という気まずい空気が、肌をチクチク刺している。

うっ……。

たまらず俺は、エクストラの手首をつかみ、廊下に出た。

元凶であるエクストラは、肩をすくめている。

「なんで外に出たのよ？　せっかく注目されてたのに」

「注目されてたから外に出たんだよ！　悪目立ちしたら、変な奴っていう共通認識ができるだろ？　そうなったら誰も近づいてこなくなる。今は大事なときだから、マイナス面を見せちゃダメなんだよ。みんなと同じに振る舞って、普通の奴だと思われてないと……」

「は？　なに？　そうやっていつもビクビクして、目立たないようにしてきたってこと？　あのね、いいところも悪いところもあるから人間なの。難しいこと考えないで自然体でいたほうが、親しみが湧くってもんよ」

「スマホのおまえになにがわかるっ？」

「ま、別にいいけど……。あっ、だめ明、向こうから大人がくるわ。あれって教師なんじゃない？」

「……ん？　ああ、そうだ……」

タブレットを小脇に挟み、ベテランの空気を漂わせながらキビキビ歩いてくるのは、一年C組の担任、宇野美智恵先生だ。

宇野先生はすぐにエクストラに気づき、声をかけてきた。

「あら？　あなたは——」

「先生っ」

説明するなら今がベストだ。

ちゃんと先生にわかってもらい、みんなに説明してもらいたい。でも、果たして信じてくれるだろうか……？　保証書は持ってきたけど、それだけで大丈夫だろうか……？

「……宇野先生、この子は、その……俺の、スマホなんです。も、もちろんっ、変なこと言ってるのはわかってます！　でも……これは本当の話で……。この子は、人造人間スマートフォンなんです！」

「わかっています」

「へ？」

予想外の反応で、ちょっとびっくりした。

宇野先生は眼鏡のブリッジを指で押さえ、エクストラを観察している。

「学長から話は聞いています。もう少し先になると思っていましたが、今日でしたか……。まぁ、それはよいです……。では、あなたが日比谷くんのスマートフォン——でよろしいのですね？　名前は？　なんとお呼びすれば？」

理解されないだろうと思ってたのに、スムーズすぎる……。ミシオンジャパンが要請したってこと……？　たしかに、ミシオンは大企業だけど……。

俺が思っていたより、大きな力が働いているのかもしれない。

「エクストラでいいわ」

「わかりました。では、ええっと……エクストラさん、先に手続きをするので、私といっしょにきてください」

「はーい」

◆

五分後、一年C組の生徒たちは、宇野先生がこないのをいいことに、席の近い者同士で集まりおしゃべりに興じていた。

俺は窓際（まどぎわ）の一番うしろの席から、その姿を眺めている。

「はぁ……」

ため息が出た。

みんな、ほとんど友達がいるのに……。俺にはいない……。まだ一ヵ月もたってないのに、どうしてこんなに差がついたのか？　いったいなにがいけなかったのか？

小学校のころは、根暗で変わり者っぽい雰囲気があったから、そうなったのはしかたないと思う。中学のころは、できるかぎりまわりに合わせたけど、小学校と同じメンツだったから、引きずったのだと思う。でもこの学園には、俺の過去を知る者はいない。マイナス面を極力見せず、普通の人アピールしていれば、自然に人が寄ってきて、友達ができると思っていた。

もう、どうすればいいのかわからない……。

教室を見渡せば、男で友達がいないのは俺だけ。女子は……よくわからないけど、たぶん、ほとんどグループに入っている。明確にボッチとわかるのは、廊下側に座っている不良ギャル——芹山扶姫（せりやまふき）だけ。でもあれは……ボッチの定義に合っているのか疑問だ。いつもひとりでスマホをいじり、人を寄せつけないオーラを発している。そもそも、友達を必要としてないように見える。

「……やっぱり俺だけか……」

彼女どころか、ボッチで孤独な三年間をおくることになりそうだ……。

前側のドアがスライドし、宇野先生が入ってきた。

一瞬の沈黙があったのち、急に騒がしくなる。すぐうしろに、エクストラを連れていたからだ。

「ホームルームをはじめます。みなさん、静かに」

宇野先生がパンパンッと手を叩いた。

「時間もないので、手短に連絡します。南校舎の一階で、本日の午後から水道工事があります。みなさんには直接関係ないですが、近くに行くときは気をつけてください。次に、根室先生が体調不良でお休みとの連絡がありました。三時間目は自習になります。なにか質問はありますか？」

教室を見渡し、質問がないと確認したのち、エクストラに横目を向けた。

コホンッと咳払いして、

「えー……。みなさんも、先ほどから気になっていると思います……。この子は、新しい転校生──と言いたいところですが、正確には違います。書類上は生徒でもありません。日比谷くんのスマートフォン、πPhoneエクストラさんです」

やはりと言うべきか、みんな、え？　という顔になった。席の近い者同士で、戸惑いの視線を絡ませている。

「はいはいはーい！」

ひょろりと背の高い茶髪の男、襟巻倫太郎が手を上げた。

胸ポケットからスマホを出し、肩の横で振る。

「せんせーい、スマホっていうのは、こういう物っすよー。もしかして、二日酔いが抜けてないんすかー?」

「いいえ」

笑いが起こるのを防ぐためか、宇野先生は食いぎみにこたえた。

「エクストラさんは、人造人間スマートフォンです。見た目も中身も人間であり、みなさんと同じように生活しますが、スマートフォンの機能も有しています。まぁ、もちろん……そう言われても戸惑いはあるでしょう。かくいう私も、戸惑っています。ですが、こういった最新技術に触れる機会は貴重ですし、他では前例もあります。特殊な立場ではありますが、ここでいっしょに学ぶことになるので仲良くしてください」

みんながいっせいに振り返り、俺を見てきた。

どんな顔をすればいいのかわからず、困ってしまう。

「話はまだ終わっていませんよ。それではエクストラさん、自己紹介をお願いします」

「はい」

自己紹介か……。

もう十分悪目立ちしたから、ウケを狙う必要はない。それはエクストラだってわかっているはず。ここは無難に……名前くらいにして欲しい。

俺の気持ちを知ってか知らでか、エクストラは教壇の真ん中に立ち、自信満々といった感じで片手を腰にあてた。

「みんなに知ってもらいたいことがあります！　わたしはミシオンジャパンが誇る超高性能スマートフォン、πＰｈｏｎｅエクストラ。なのに……登録されてるＩＤは、だめ明のお父さんとお母さんしかありません！　だめ明には、恋人はおろか友達もいないのです！これでは猫に小判、豚に真珠、まさに宝の持ち腐れ！　みんな、だめ明とＩＤ交換してくださいっ」

ぬぅああああああああああああああーッ！

心の中で絶叫した。

あいつ、なんてことしてくれたんだっ？　恥ずかしすぎる！　穴がないところに突っこんで死にたい！

教室はドッと沸き、笑いの渦に包まれた。宇野先生も半笑いで、「それなら私が交換しましょうか？」などと申し出ている。

終わった……。俺の高校生活、完全に終わった……。まさか自分のスマホに、真正ボッチだと暴露されてしまうなんて……。

しかし、恥は一時のものということなのだろうか？

休み時間になると、待ってましたとばかりに、みんなが俺のまわりに集まってきた。男子はもちろん、話したことない女子までいる。ほぼ全員だ。

お調子者の襟巻が、鼻息を荒らげる。

「おい、日比谷、このカワイ子ちゃん、マジでおまえのスマホ？　じゃ、いっしょに住んでるってことか？」

他の男たちも「どういうことだよ？」「説明しろよー」などと言いながら、俺の顔を覗きこんでいる。

こんなに注目されるのは初めて。恥をかいたばっかりだし、ウィットに富んだ返しで評価を上げたい。が、緊張しすぎてなにも思いつかない……。

「……まぁ、うん……。俺の両親が……メーカーの関連会社をやってるから、たぶん……それで……」

シラケると思ったけど、それで十分だったのか、おおおおーっ、と興奮した声がこだました。
「よしっ、日比谷、俺とＩＤ交換しようぜ」
襟巻が言うと、それを皮切りに、同じ言葉が次々飛び出した。
……え？
びっくりした。
ＩＤ交換は高い壁で、一度も越えたことはなかった。誰かが近くでＩＤ交換していると
き、さりげなくスマホを出したり、遠回しに催促してみたり、小さな努力はしてきたけど、
一度も成功しなかった。それが、こんなにあっけなく……。でも、とにかくチャンスだ。
「もちろんっ、エクストラ！　俺のＩＤを……。あれ、えっと……どうしよう？　メモ用
紙にでも書いて配ってくれる……？」
「はあ？　あんたバカァ？　わたしはハイエンドスマホよ。そんなだるいことしなくても、
一度に全員とＩＤ交換できるわ。みんなのスマホも『ぷるぷる』くらい、ついてるんでし
ょ？」
ぷるぷるとは、お互いのスマホを近くで振って、ＩＤ交換する機能だ。エクストラでも
使えるのか……？　どうやって？
疑問に思っていたら、エクストラが立ち上がった。

「じゃ、ＩＤ交換したい人は、ぷるぷるバーをＯＮにして。わたしが腰を振って踊ったら、近くでスマホを振るの。いっしょに踊ってもいいわ」

え？　踊る？

「ルルッルルー……ルルッルルー……」

イントロなのか、リズミカルなメロディーを口ずさみ、まるで３Ｄモデルのダンス動画みたいに踊りだした。

薄くて軽くて中身もいいの
だってわたしはハイエンド
タップタップスワイプ　ロングタップドラッグ
タップタップスワイプ　ロングタップドラッグ
指紋がつくからホントはヤなの
だけどあなたは特別よ
タップタップスワイプ　ロングタップドラッグ
タップタップスワイプ　ロングタップドラッグ
あー……どこかの基地局がー……わたしのー……場所をー……探してるぅー……

どこにいたってプルルルル
電話が鳴るのよプルルルル
ポケット？　バッグ？　ううん違うの
早く見つけて抱き締めて

なんだこれっ？

俺のまわりは大盛り上がり。

エクストラが激しく歌って踊るまわりで、みんながスマホを振っている。どうやらこれでＩＤ交換できるらしく、「おおっＩＤきた」という声が聞こえてくる。

様子を見ていた生徒たちも、おもしろがって集まってきて、なんか、ちょっとしたライブ会場みたいだ。

そのときふと、輪に入ってないひとりが目にとまった。

男子みんなの憧れ、千元弓子（せんげんゆみこ）。

艶（つや）やかな黒髪の古風な美人で、物腰は柔らか。名家のお嬢さまという雰囲気を全身から漂わせている。

……千元さんは、交換してくれないのかな？　千元さんのＩＤが一番欲しいのに……。

あの美貌に、上品な雰囲気。男で人気投票すれば、ダントツ一位は間違いない。かくいう俺も、ひそかに憧れている。

が、無情にもチャイムが鳴ってしまった。

前側のドアがスライドし、「授業やるぞー、席につけー」と言いながら、数学教師が入ってきた。

◆

もう昼休みか……。

今日はやけに時間がたつのが早い。たぶん、授業中も休み時間も、エクストラがトラブルを起こさないか、ハラハラしていたからだ。

今は四時間目が終わったところ。俺は化学室にいて、レポート用紙やノートPCを肩掛けバッグにしまっている。

「エクストラ、今日は弁当持ってきてないから、学食行こう」

「だめ明、まだ、やることが残ってるわ」

「……え？　なにが残ってるの？」

意味がわからず、俺は手をとめた。

エクストラは、まったくもう、というように腕を組む。

「クラス全員のIDをゲットしてないわ。あとひとり、残ってる」

「……ああ、そうなんだ……。えっと……誰？」

「千元弓子」

俺は前方に目をやり、頬を赤くした。

「……ん？　なによ、そのだらしない表情は……？」

横目で見ていたエクストラが、ハハーンと察したような顔になった。

「あー、そういうことぉ？　あんた、ああいうのがタイプなのね。たしかに……ああいう清純系のエロ動画が、再生回数多いわねー」

「ちょ！　そうじゃないから！　そんないやらしい目で見てないから！　てゆーか、エロ動画の再生回数、チェックしないでくれないっ？」

「もう全部チェック済みよ。統計もとったわ」

「うわぁあああー……」

嫌すぎる……。俺にプライバシーってないの……？　全部こいつに筒抜けじゃん……。

エクストラがバーンッと背中を叩く。

「そういうことなら、あんたが話してIDをゲットしなさい。そもそもこれは、オーナーがやることなのよ！」

「……うん……。じゃあ、あとで……」

「あとじゃなくて今やる！」

「今？」

「ほら、行っちゃうわよ。早く追いかけて！　ほらほらほらー」

「わかった、やるよ！　やるから！」

追い立てられるように、化学室を出た。

まぁ、たしかにチャンスだ。移動のときはたいてい誰かいるのに、今は、ひとりで廊下を歩いている。

小走りで追いかけ、踊り場のところで声をかけた。

「千元さんっ」

「はい？」

千元さんが振り返り、艶やかな黒髪がふわりと広がった。

最初は警戒している顔だったけど、目が合ったら、上品な微笑(ほほえ)みに変わった。

「日比谷為明(ひびやためあき)くん……でしたよね？　わたくしに、なにかご用でしょうか？」

よかった……。名前、覚えてくれてた……。

ちなみに言葉を交わすのは、これが初めてだ。

「えっと……」

今更ながら緊張してきた。嫌われたらどうする……？　そもそも、みんながＩＤ交換してたのに千元さんがしなかったのは、交換したくないからじゃないか？　強引に迫るより、向こうからくるのを待つべきじゃないのか？

誤魔化して逃げたくなったけど、すぐうしろで、エクストラが見張っている。

「……日比谷くん？」

千元さんが首をかしげた。早く言わないと！

「あ、あ、あの！　よければそのっ、俺と、ＩＤ交換して欲しい……なんて、思ったりして……」

「ああ、そのことですね」

得心したという感じで、ぽんっと胸の前で手を合わせた。

にっこりと微笑んで、

「はい。では、いつか」

「…………え？」

俺は口を半開きにした。

受け入れられたのか、一線引かれたのか、よくわからない。

「では、わたくしはこれで――」

深々と頭を下げた。

くるりと背を向け、優雅に去っていく。

……………え？　どういう意味だった？　俺、断られたの？

エクストラが横に並び、腕を組む。

「なによ、あの女……。感じ悪いわね。嫌なら嫌ってハッキリ言えばいいのに。はぐらかすなんて気に入らないわ」

「いや、そんな子じゃないと思うよ。これにはなにか事情があるんだってっ」

「事情なんてあるわけないでしょ！　わたし、追いかけて文句言ってくる！」

「やめて！　そんなことしなくていいから！」

喧嘩（けんか）になったら大変だ。

俺は必死に、エクストラをなだめる。

「それよりほら、お腹空（なかす）いただろっ？　ごはん食べに行こうよ。ここの学食はおいしいからさ！　早く行かないと人気メニューなくなっちゃうよ！」

「むぅ……。そういうことなら、しかたないわね……」

　五分後、俺とエクストラは、食品サンプルが入ったショーケースの前にいた。

　令陽学園の学食は、レストランと見まがうほどの豪華さで、メニューも多様だ。エクストラはさっきのことなど忘れたように、目をキラキラ輝かせている。

「わぁっ、カルボナーラとフォカッチャのセットがある！　イタリアンセットってやつ！　だめ明、あれにするわよっ」

「まぁ、別にいいよ」

「決まり！」

　なんか、普通の女の子だな……。

　スマホだからって、機械油を飲んだり、ことさら鉄分のあるものを食べたり、そういうことはないみたいだ。まぁ、あたりまえか……。

　俺とエクストラは、イタリアンセットの列に並び、パスタとフォカッチャの皿をトレイにのせ、レジの前まできた。

　うしろを指さしながら、

「あの、うしろの会計もいっしょにお願いします」

「はい、イタリアンセットがふたつと、マカロンパフェがひとつで……一八〇〇円になります」

一八〇〇円か……。いつもより高いけど、ふたり分だからあたりま――ちょっと待て！

今、マカロンパフェって言った？

俺は焦って振り返る。

見ると、エクストラのトレイの上に、マカロンで飾られたパフェが……。

「おまえっ、それ、どうしたのっ？」

「おいしそうでしょ！　とくに一番上のマカロン、顔が描いてあってすっごく可愛い！」

超笑顔。

そんな顔をされると、戻してこい、って言えなくなる。

ま、まぁ、いいか……。パフェくらい……。

あきらめた俺は、スマホを取ろうとポケットに手を入れた。

そして、青ざめた。

財布は重いからいつも家に置いている。買い物のときは、スマホのバーコード決済を使っていた。でも今のスマホは……エクストラだ……。どうする……？　払えないぞ！

「エ、エクストラ！　現金持ってないっ？」

「は？　なんで現金？　そんなもんなくても、マジペイポイントが五万くらいあるでしょ」

「そうだけど……。おまえじゃ、使えないよね？」

「なっ！　馬鹿にしないでくれるっ？　ハイエンドスマホのわたしに、バーコード決済ができないと思ってるわけ？」

……使えるのか？

液晶画面はついてないみたいだけど、使えるならありがたい。

「じゃ、ここの会計、マジペイで払ってくれる？」

「オッケー、ギガの速さでやってあげるわ」

おもむろに前髪をかき上げると、「ハアアアアーッ！」と声を発しながら、おでこをペチペチペチペチ……と高速で叩きはじめた。

赤くなった肌が黒ずみ、バーコードが浮かび上がってくる。

いったいどこのアホが、こんなふざけた仕様を考えたのか？　これには、学食のおばちゃんも苦笑いだ。

「あらあら、読み取り端末はこれなんだけど……。大丈夫なのかしら？」

テーブルの機械を指さしている。

「ハァ、ハァ……。も、問題ないわっ」

エクストラは乱れた呼吸を整えると、九〇度に腰を曲げ——勢いあまったらしく、ゴンッとおでこをぶつけてしまった。

ピッ、マジペイ！

いちおう、会計はできたらしい。

ゆっくり身を起こしたエクストラは、バツの悪そうな顔で、おでこをさすっている。

おばちゃんをはじめ、まわりの人たちは笑いをこらえている。

「……あの、エクストラ、大丈夫？」

「ちゃんと会計できたでしょ！　なんか文句あるっ？」

「い、いえ……」

あまり、触れないほうがよさそうだ。


会計を終えた俺たちは、窓際のテーブル席に座った。

静かな席を選んだのに、まわりの生徒にチラチラ見られ、どうも落ち着かない。

二人掛けのテーブル席で男女向かい合っているのは、基本、カップルとかカップル手前みたいなリア充ばっかりだ。

エクストラは規格外の美少女だし、え？　あの冴えない陰キャがどうして？　と思われてるのだと思う。

ちなみにエクストラは、パスタとフォカッチャをぺろりとたいらげ、今はパフェにとりかかっている。

「んー……おっいしーい！　とくにこの、マカロンがおいしい」

右の頰に手をあて、体をくねらせた。

このスマホ、よく食べるな……。

「……よくそんなに食べられるね？　いったいどこに、そんなに入るの？」

「はあ？　あんた、女の子にそういうこと聞くんじゃないわよ。デリカシーないの？　ったく、これだから陰キャの童貞はっ」

「ご、ごめん……」

「あーあ、これじゃ先が長そう……。いったいどこの物好きが、だめ明を好きになってくれるんだろうー……」

ううう……。

思い返せば、悪気のない言葉で相手を怒らせることが多かった。とくに、女子に対して多かった。なんでだろう……？

エクストラは頬杖をつき、イラついた顔でスプーンをくるくる回す。

「……にしても、あの千元弓子って女……気に入らないわ……。あとひとり……あとひとりで、クラス全員のＩＤがそろったのに、あの女のせいで中途半端。あー……思い出したらムカムカしてきた……。あることないこと、ＳＮＳで拡散してやろうかな？　あんたもいちおう、スイッターのアカウントもってたわよね？」

スイッターというのは、ショートメッセージを投稿したり、「あまい」「にがい」ボタンで投稿を評価したりできるＳＮＳだ。

たしかにアカウントはつくったけど、フォローしてくれる友達も、フォローしたい友達もいないから、まったく使ってなかった。

「いやいやいやいや、ちょっと待って！　落ち着いて！　てゆーか、俺のアカウントで変なことつぶやかないでくれないっ？」

本当にやったら大変だ。ここは、ご機嫌をとっておかないと。

「……千元さん以外とは全員交換できたんだよね？　それってすごいと思う。そんなにＩＤゲットした人、たぶんいないから」

「ハッ――」

意表を突かれたのか、エクストラが口を三角にした。

表情を崩し、くすぐったそうに体をよじる。

「そうでしょそうでしょっ？　わたしってほらぁー、ハイエンドスマホだから、そのくらいはお手の物っていうかぁー……やっぱりそのへんのスマホとは、格が違うのよねぇー……。エヘヘー……」

ちょっとおだてただけでこの反応？　単純すぎない……？

まぁでも、うれしい誤算だ。エクストラの扱いかたがわかった気がする。よし、このまま不穏な空気を流してしまおう。

「本当に格が違うよ！　エクストラは最高だと思う」

「そんなことぉー……大いにあるわよ。エヘヘ……。もっと褒めて。存分にわたしを褒め讃（たた）えて。さぁ、さぁっ、さあ！」

うっ……。

「スゴイスゴイ……。エクストラスゴイ……」

「でしょでしょ？　ふふーん、あんたも少しはわかってきたじゃない。さーて、やる気も出てきたし、ここからもっともーっと頑張るわよ」

「……あ、うん。頑張って」

「そうだ！　この大戦果を研究所に報告しないといけないわね」

「報告？」

俺は小首をかしげた。

「……どういうこと？」

「わたし、最新型のプロトタイプだから。定期的にレポート送らなきゃならないのよ」

「へぇ、交換したＩＤ数を報告するの？」

「うん！　それもだけど、なるべくたくさんのデータを送ろうと思ってるわ。データは、多ければ多いほどいいでしょ」

まぁそうか、と聞いた直後は思った。

でも、なるべくたくさん、の範囲がどこまでなのか、少し不安になってきた。

「……まさかとは思うけどさ、俺のエロ動画、送ったりしないよね？」

「うーん……」

え？

送るわけないでしょ、という返事を期待したのに、エクストラは芝居がかった表情で悩んでいる。

いたずらっぽい目を向けて、

「どうしよっかなぁー」

「ちょちょ！　やめて！　それはやめて！」

研究所がどんなところか知らないけど、きっと頭のいい人たちがわんさかいるはず。そんな人たちに、俺の趣味嗜好を分析されたくない。

エクストラはYESともNOとも言わず、食べかけのパフェの器を、チンチンと叩いた。

「だめ明ぃー、わたし、ここのスイーツ気に入っちゃった。また食べたいなぁー」

「なにぃっ？」

あろうことかこのスマホ、個人情報を人質に、オーナーを脅してきやがった！

腹立たしい……。腹立たしいけど……。こいつなら、本当にやりかねない……。

「……じゃあ、食べればいいじゃん……」

「いいの？　わーい、だめ明大好きぃ！　わたし、だめ明のために、もっともーっと頑張るね！」

もう勝手にしろよ……。

◆

「……あれ？　エクストラ、どこ行ったんだろ……？」

トイレから帰ってきた俺は、教室を見渡した。

帰りのホームルームが終わったあと、エクストラは女子たちと楽しそうにおしゃべりしていた。なかなか終わりそうにないし、手持無沙汰だったから、俺はトイレに行った。で、帰ってきたらいなくなっていた。

机の横を見ると、鞄もなくなっている。

俺が先に帰ったと思って追いかけたのか？　でも、俺の鞄は机の上にあったし、いることはわかっていたはず……。いや、ちょっと待て……。あいつ、もっとも一っと頑張るとか、言ってたよな？　なにか、変なことたくらんでたり……しないよな……？

だんだん不安になってきた。

そうだ、電話を——と思ったけど、俺のスマホはエクストラだ。あいつがいないと電話もかけられない……。

見ると、エクストラとしゃべっていた女子たちの輪に、お調子者の襟巻が入ろうとしている。女子だけだとキツイけど、男がいるならハードルが下がりそう。

そろりそろりと近づき、「あのー」と声をかけたら、女子たちがおしゃべりをやめ、怪訝そうな眼差しを向けてきた。

うっ……。

「おー、日比谷ぁー」

襟巻が声をかけてくれた。

横から近づき、手を肩にまわしてくる。

「いいよなー、おまえ……。俺のスマホもあんな可愛かったらなー……。寝顔とか見てるんだろ？　毎朝、優しく起こしてもらえるんだろ？　おはようのチューとかしてもらえるんだろ？」

「そ、そんないいもんじゃないよ！」

赤面し、アワアワする。

「たしかに、寝顔は可愛いけど……。寝言は変だしっ、今朝なんて、アラームかけたのに寝坊したから俺が起こしたんだっ」

「なにいいいいーっ？」

襟巻が叫び、俺の頬をむぎゅーとつかんでくる。

「おまえっ、本当に、あのカワイ子ちゃんと寝てやがるのかっ？」

「ふぁ？　ふぃや……しょの……」

「くぅうー……。うらやまけしからんぜ！」

な、なんだか、話が変な方向に……今はこんなことをやってる場合じゃないのに……。

「ふぉ、ふぉれよりさっ、エクスふぉラ、どこにいったふぁふぃらない？　いなくなったんふぁけど！」

「なんだって？　極上ちゃんがいなくなった？」

「あー、あの子ねー」

相槌（あいづち）を打ったのは、机の上に座っている女の子。

口から棒つきキャンディーを出し、廊下に向ける。

「さっき鞄持って出ていったわ。放送室がどこにあるか聞いてたから、たぶん、そこじゃないの？」

「……え？　放送室？　どうして？」

「さぁ？」

放送室に用があるとは思えない。いよいよ、嫌な予感がしてきた……。

突然、教室のスピーカーから、エクストラの声が聞こえてきた。

《えー……テステス……。令陽学園（れいようがくえん）のみなさんっ、わたしは、ミシオンジャパンが誇る超絶美少女スマートフォン、πPhone（パイフォン）エクストラです。これから第二体育館で、ＩＤ交換ダンスライブを開催します。大丈夫、お金なんてとりません。友達ゼロのわたしのオー

ナー、日比谷だめ明と、ＩＤ交換すればオッケー。さぁみなさん、スマホを持って体育館にレッツゴー》

　はああああああああーっ？　なにやってんのあいつ？　ＩＤ交換ダンスライブ？　馬鹿じゃないのっ？　悪目立ちどころのレベルじゃないぞおおおーっ！

　俺は顔面蒼白（がんめんそうはく）。

　となりの襟巻は、腹を抱えて笑っている。

「いいじゃねーか！　日比谷、おまえのスマホ最高っ」

「笑いごとじゃないよ！」

　まさか、こんなことになるなんて思ってもいなかった。

「た、大変だ……。とめないと……。エクストラを、とめないと……」

「そんなら体育館に行きゃいいだろ。俺もいっしょに行ってやろうか？」

「え？　いいの？」

「おうっ、極上ちゃんの晴れ舞台を見たいからな！」

「………」

　目的が違う気がするけど、今は気にしている場合じゃない。

俺は大急ぎで鞄を取り、襟巻といっしょに教室を出た。

三段飛ばしで階段を下り、廊下を駆けていく。

体育館に近づくほど人が増えるのは、たぶん、エクストラが集めたせいだ。一年生だけじゃなく、上級生もたくさんいる。このままじゃマズい……。目立たないようにしてきたのに、俺の未来は、どうなるんだ？

体育館の入口は大混雑。

「おおー……こりゃすげぇなー。想像以上だぜ……」

「ど、どうしよう……」

「うーん……。おっ、日比谷、あっちを見ろ！」

「え？　なに？」

「あのお姉さんだよ！　へへへ、ありゃ、すげぇいい体だぜ。よーし、俺のスケベターの出番だな！」

は？

困惑している俺をよそに、襟巻は右のこめかみに人さし指をあて、ピピピピピ……と、電子音の声真似(まね)をする。

「……ふーむ、顔五〇〇〇、スタイル九〇〇〇、総合女子力一万五〇〇〇か……。もっと伸びてもよかったが、それでもかなりのレベルだぜ！」

いやっ、いろいろ言いたいことはあるけど、足し算間違ってない？

ま、まぁでも今は……そんなことよりエクストラだ……。

俺は襟巻を引っ張って人の流れから出ると、別の入口から中に入った。

「エクストラあああああーっ！　ひぃ、なんだこれっ？」

体育館とは思えぬ光景が、そこにあった。

さながら、バーチャルシンガーの３ＤＣＧライブ。

軽音部にでも借りたのか、たくさんのレーザーライトとストロボライトが、眩しいほどにステージを照らしている。スピーカーからは、ボカロっぽいＢＧＭが大音量で流れている。

《みんな、集まってくれてありがとー。わたしが、超絶美少女スマートフォン、πＰｈｏｎｅエクストラ。集めた理由はただひとつ、学園全員のＩＤをゲットして、わたしこそ、最強のスマホだと証明すること！》

光の中にいるのは、ステージ上のエクストラ。いったい誰に借りたのか、アイドルみたいなコスチュームを着ている。

片手を振り上げ、客席を指さした。

《さぁ、ぷるぷるバーをONにして。わたしといっしょに、レッツダンシング！》

着信　応信　以心伝心　もしもしわたし　スマホです
ずっと聞いてた　君の声　あの子の声　笑い話　花が咲いてた
ガンバッて　エール
ひとりじゃない　わたしもいる
君の言葉を届けるよ　気のないフリしたあの子のもとに
どこにいたって　必ず見つける
布団（ふとん）の中でも　ギガの速さで

発信　突進　猪突猛進（ちょとつもうしん）　もしもしわたし　スマホです
ずっと聞いてた　君の声　あの子の声　別れ話　雨が降ってた
泣かないで　エーン
ひとりじゃない　わたしもいる
君の想（おも）いを届けるよ　こっそり泣いてるあの子のもとに
どこにいたって　必ず見つける

地球の裏でも　テラの速さで

歌の合間に、エクストラが両手を広げる。

《もっと振って！　ほら、みんな、もっとスマホを振って！　ぷるぷるー……》

おおーっ、という声。

生徒たちは、スマホをペンライトのように激しく振る。エクストラも、よりいっそう激しく腰を振る。

《いいわっ、もっと、もっと激しく！　もっともっとぉーっ！　ぷるぷるぷるぷるぷるー……》

熱気は最高潮。生徒たちがジャンプするから、体育館が揺れている。

ちなみに襟巻はというと——

「うおおおおおおーっ！　尻が揺れてる！　右も左も、女の尻が揺れまくってる！　なんだっ？　ここはヘブンだったのかっ？　ひゃっほぉー」

荒い鼻息をまき散らし、ひとりで騒いでいる。

なんだかよくわからないけど、頼りにできないことだけはわかった。

はぁー……どうしよう？　どうしたらいい……？

悩んでいるあいだにも、生徒はぞくぞくと入ってくる。

「なにこれなにこれー？　どういうことー？」

「ああ、たしかー……ヒビヤダメアキ……って奴のスマホだろ？」

ひぃっ、俺の名前を言ってる……。もうおしまいだ……。

まさか、てきとーに褒めただけでこんなことになるなんて……。この勢いなら、そのうち学園中の生徒が集まって、俺は完全に浮いた存在になる。今の俺にできることは、無事に終わるのを願うくらい……。

《……ぷるぷるぷ――アーッ！》

え？

突然、スピーカーから悲鳴が聞こえ、音楽がとまった。

生徒たちも踊るのをやめ、なんだなんだ？　と顔を見合わせている。

あれ？　どうしたんだろう……？

前にいた生徒たちがステージにのぼり、人だかりができていく。あたりを包んでいるのは、ザワザワした不穏な空気だ。

……まさか、事故とか？

背伸びをしても、なにが起こっているかわからない。

「おい、日比谷(ひびや)……極上ちゃんに、なにかあったみたいだぞ……」

「……やっぱり、そう思う？」

勝手にこんなイベントやりやがって、という怒りは当然あった。あったけど、今は心配のほうが強くなってきた。

「俺っ、見に行くよ！」

走ってステージの前まで行くと、手をついてよじのぼった。

「すいませんっ、通してください！　俺、エクストラのオーナーです！　すいませーん、ここを通してください！」

叫びながら、人をかきわけていく。

やっと、最前列にたどり着いた。

いったいどういう状況なのか、エクストラは、踊っていた途中の姿勢で固まっている。

顔は青ざめ、目には大量の涙が……。

「エクストラっ、どうしたの？」

「ふぅぇーん……」

泣き顔を向けてきた。

「だめ明ぃー……わたし、頑張りすぎたみたい……。腰が……腰が、グキッて……。ううう……。痛くて動けないわ……」

腰って――

「はああああああーっ？　え？　なに？　腰を痛めたのっ？」

「……歩けないのぉ……。お願い、おぶってぇー」

まわりの生徒は失笑。

俺は恥ずかしくて真っ赤になっている。

はぁー……嘘だろ……。

この日から、俺の刺激に満ちた学園生活がはじまった――

第二章　メッセージ交換で印象アップ

「はぁー……ＩＤはたくさん集まったけど、それだけなんだよなぁー……」

日曜の夜、俺はテーブルを拭きながら横目でＴＶを見ていた。

やっているのは、一年Ｃ組近鉢先生（きんばちせんせい）という青春ドラマ。

クラスみんなで、泣いたり、笑ったり、喧嘩（けんか）したり、恋愛したり……全力で青春しまくっている。ドラマと比べるのも変だけど、俺はぜんぜん青春してない。

同じ一年Ｃ組なのに……。

まぁ、あたりまえか……。ＩＤ交換できたといっても、ボッチで友達ゼロなのは、変わってない……。

不快なＴＶを消し、ソファーに突っ伏した。

「はぁー」

ふたたびため息をついたとき、ドドドドド……と階段を下りる音が聞こえてきた。

エクストラか……。あいつ、治ったばっかりなのに、腰は大丈夫なの？　てゆーか、大丈夫なら、家事を手伝ってくれよ……。

「だめ明、大変よ！」

バーンッとドアが開いた。

俺はうつ伏せのまま、目だけを向ける。

「……そういうTシャツ……どこで売ってるの……？」

また変なTシャツを着ている。

胸のあたりにプリントされているのは、「おつとめ品」という文字。どうやら、いろいろ種類があるようだ。

「Tシャツなんて、どうでもいいでしょ！　それより大変なのよ！　クラスの女子からメッセージが届いたわ！」

「……え？」

言葉の意味を理解するのに、数秒かかった。

メッセージ自体が初めてなのに……。クラスの女子から……？　本当なの？

信じられないけど、冗談を言ってる顔つきじゃない。

上半身を起こし、かしこまる。

「それで、誰から？」

「西風茶子」

「えっ？　あのニシカゼさんから？　――って……ごめん、誰だっけ……？」

聞き覚えはあるけど、顔が思い出せない。他のクラスの子じゃないの？

エクストラがイライラする。

「もう！　忘れたの？　一番前の窓際に座ってるでしょ？」

「……ああ」

思い出した。

「あの、おさげちゃんか」

存在を忘れるほど影の薄い子。うしろ姿しか見たことないから顔はわからない。

ちなみに「おさげちゃん」というのは、その髪型から、俺が勝手につけたニックネームだ。

女子って聞いてドキドキしたけど……おさげちゃんか……。

「……それで、なんだって？」

「じゃ、読むわね……」

コホンッと咳払い。

体をくねくね動かし、恥ずかしがるような演技をする。

「実はうちも、日比谷くんと同じで、おとんとおかんしかＩＤ入ってへんかった。うちと話したってつまらんと思うけど、メッセージ送ってもええの？」

「……ああ、なるほど」

たしかにあの子もボッチだ。

でも、それより気になったのは――

「おさげちゃんの一人称って『うち』だったんだ……。てゆーか、関西弁？　イメージと違うなぁー」

「ＳＮＳのプロフとか、投稿履歴を解析してみる？」

「うん」

「ちょっと待ってて」

顔を上に向け、みょーん、みょーん、みょーん……と変な声を発しながら、両手の人さし指をくるくる回しはじめた。

すごく間抜けな顔だけど……。解析中はこうなるの……？

急に元の表情に戻り「ふーん」とうなずいた。

「小学校までは関西にいて、大阪とか、京都とか、奈良とか、いろいろまわってたみたい。だから関西弁なんでしょ。ま、それよりも内容ね。いきなり弱みをさらけ出してきた。ここでしっかり対処すれば、メル友にできるわ」

「……でも、おさげちゃんだろ？」

女子のメル友っていうのは魅力的だけど、正直、複雑な気分だ。

自分が根暗だからか、俺は、華のある異性に憧れる。そういう子と付き合って、みんなを驚かせたいって気持ちもある。たとえばそう、千元さんとか。おさげちゃんは、違うんだよなぁー……。

「うーん、まぁ、メッセージくれたのはうれしいよ。興味はあるから、話してみたい気持ちはある……。でもたぶん、好みのタイプじゃない気が……」

「だめ明！　友達ゼロの陰キャ童貞のくせに、えり好み？　片腹痛いわ！　近くにいて初めてわかるよさもあるの！　あんた、この子のことなにも知らないでしょ？　知らないくせに、なんでタイプじゃないとか言えるのっ？」

「……ま、まぁ、そうだけど……」

「いい？　モテる男にはふたつのタイプがあるわ。ひとつは、スペックがいいからモテるタイプ。生まれつき顔がいいとか、頭がいいとか、スポーツができるとか、そういうのね。もうひとつは、モテるからモテるタイプ。女っていうのは、男が他の女をどう扱ってるか、よく見てるし、裏で情報交換もしてる。同調性が強いから、グループの中で『あの人いいよね』ってなると、実際よくないはずなのに、みんな『いい』って言いはじめて、どんどんモテていく。顔もよくない、頭もいまいち、スポーツもダメ。そんなあんたが目指せるのは、これしかない。ひとりを大事にすることで評判を高めて、他に波及させるのよ」

言葉の刃（やいば）がグサグサ刺さってるんですけど！　ちょっとは手加減して！

とはいえ、ひとりを大切にすればモテるっていう理屈はわかった。おさげちゃんは悪い子じゃなさそうだし、メル友＝彼女ってわけじゃない。むしろ初めてのメル友なら、ちょうどいいかもしれない。

「よし、じゃあその方向で。て、言ってもさ……。なんて返せばいいんだろ？　そんなことない、君はおもしろいよ、って送ればいいのかな？」

「はぁー……」

エクストラがわざとらしくため息をついた。

「そういうすぐバレるテキトーな嘘が、女の子を一番傷つけるってわからない？　どういうところが？　って聞かれたら言葉に詰まるでしょ。褒めようとするのはいいけど、嘘はダメ」

難しいな。

「……じゃあ、どうすれば？」

「正直な気持ちの中から一番ポジティブなのを選んで、シンプルに返せばいいのよ。さっきひとりでいろいろ言ってたでしょ？　たとえば……そうね……。前から興味あって話してみたいって思ってた。メッセージもらえてうれしいよ。一人称『うち』だったんだね。くらいでいいと思うわ。あんたの正直な気持ちでしょ」

「……なるほど」

さすがは人造人間スマートフォン。メールスキルは高いみたいだ。

俺は正直言って自信ない……。エクストラにまかせてしまって、いい気がする。

「わかった。えっと、そんな感じで……返信してくれる？」

「え？　文面つくるのわたしにおまかせ？」

「うん」

信頼を得たと思ったのか、エクストラの顔がパアァーと明るくなった。

片膝を曲げ、笑顔でこぶしを振り上げる。

「すぐにつくるわ！　テラの速さでーっ」

二〇分後——

エクストラが片目をつむり、親指を立てた。

「バッチリ仲良くなったわ。これで今日からメル友ね」

「おおっ、ありがとうエクストラっ」

ついに俺にもメル友ができた。しかも相手は、クラスの女子だ。

これからどうなるんだろう……？　朝におはようメッセージがきたり、おやすみメッセージがきたりするのかな……？　俺、ちゃんと返せる……？　嫌われちゃったり、しないかな……？

期待と不安でソワソワしてくる。

「あっ――」

エクストラがひたいに指をあてた。

「……終わったと思ったけど、最後にまたきたわ。でもこれは……本文なしね。これからよろしくっていうスタンプだけ」

……スタンプ？

根本的な疑問が湧いてきた。

「おまえに届いたメッセージってさ、見られないの？」

「わたしが見て伝えてるんだからいいでしょ？」

「いやいやいや！　どんなスタンプなのかわからないじゃん！」

「平和な顔した猫のスタンプよ」

「見せろよっ」

「もう、うっさいわねー」

言いながら、億劫そうに立ち上がった。

壁に貼られたマグネットボードの前に立ち、専用のマジックで、キュッキュッキュキュ

……と、絵を描きはじめる。

「こーんな顔でぇ、こーんな耳でぇ、髭はこんなでぇー……」

「へたくそかよ！　なんだよそれ？　死んだ狸じゃないの？　絶対そんなスタンプじゃないだろ！」

「うっさい」

キッと睨み、マジックの先を向けてくる。

「細かい男は嫌われるわ！　だいたいこんな感じってわたしが言うんだから、へーそうなんだでいいのよ！」

「ええっ？」

まさか、スタンプもまともに見られないなんて……。

このスマホ、どうなってるんだよ……？

◆

翌朝、ロッカーに本を詰めこみながら、おさげちゃんの背中を横目で見つめていた。

メッセージはやりとりしたけど、まだ顔も覚えてないし、一度、ちゃんと話しておきたい。

ホームルームがはじまる前の、今がチャンス。

でも、なんて話しかける……？　まずはあいさつ、次にメッセージありがとう、だよな……？　その先は……どうしよう……？

「おっす、日比谷ぁー」

「ひぇっ」

肩を叩かれ、びっくりした。

見ると、笑顔の襟巻が立っている。

「……あ、おはよう……」

「おまえ、やたらと本を持ってんなぁー。読書家だったのか？」

「あ、いや……そういうわけじゃないんだけど……。みんな、手持無沙汰なときはスマホをいじるよね……？　でもほら、俺のスマホは……エクストラだから――」

「いじればいいじゃねーか！　いったいおまえ、なにをためらってんだよ？　俺ならいじっちゃうねー。学校だろうが家だろうが、いじりまくっちゃうねー」

両手の指をワキワキ動かし、よだれをたらしそうな顔で言ってきた。

俺はちょっとどころか、かなり引いている。

「そういうわけには……いかないからさ……。殴られるよ……」

「ふーん、そうなのか――」

手をとめ、俺の手元に視線を落とした。

「つーか、なんだよそれ？　モモ？」

「ああ、ミヒャエル・エンデの『モモ』って本……。いちおう、有名らしい……。一昨日買ってみた」

漫画だと没収されるし、ちょっと見栄もはりたいから、ハードカバーの本にした。

モモは名作と名高い児童文学だから、俺でも読めると思ってたけど……。まさか、こんな特殊な雰囲気だったなんて……。

剣とか魔法とか、ボインのお姉さんとか出てこないとダメな俺は、最初のほうだけで脱落してしまった。

「日比谷よぉー」

肩を組み、ニヤついた顔を近づけてくる。

「俺はもっとすっげぇ本を知ってるぜー。暇だよな？　ちょっとこいよぉー」

「ちょっ……　え？」

おさげちゃんと話したい。でもそれを言ったら、ひやかされるに決まっている。

たいした抵抗もできないまま、教室の外に連れ出されてしまった。


ここは、廊下の角にある消火栓の陰。

俺は不安な眼差しで、笑顔の襟巻を見つめている。

いったいなんで、俺が呼ばれたんだろう？　すっげぇ本って言ってたけど……。本を自慢したいなら、俺でなくてもいいよね……？　まさか……本は呼び出す口実で、実はカツアゲなんてこと……。

「……あの、なんで、俺を……？」

「いやぁ実はよっ、昨日これを手に入れたから、おまえに自慢したいと思ったわけよぉー。おまえなら、これの価値がわかるだろ」

ポケットに手を入れ、スマホを出した。

どうやら、画面を見せる気のようだ。

……いよいよわからない。俺なら価値がわかるって……？　なんで？　どうして？　まあでも、カツアゲじゃなさそうだから、ひとまずは安心か……。

スマホの画面を覗(のぞ)きこみ、血圧が急上昇した。

「こ、これって！」

画面に映っていたのは、「ラブリーメロイド」というエッチな本だった。

気の強そうな金髪ツインテールの美少女が、表紙の中でエッチなポーズを決めている。

食い入るように見ていたら、襟巻が熱い息を吹きかけてきた。

「どうだっ？　貴重なアンドロイドメイドものだぞ！　極上ちゃんにそっくりだろ？　苦労して手に入れたんだぜー」

「た、たしかに似てる！　金髪ってところは違うけど、顔つきとか、雰囲気とか、エクストラにそっくりだよ。メイド服を着させたら、こんな感じになると思う」

「だろだろだろー？　ほれ、中身も見てみろ」

「……うん」

スマホを借りてスクロールしてみる。

「おおっ、絵もすごくイイ！　とくに、胸の描きかたがイイ！　柔らかさが伝わってくる。ボリューム感があるのに、全体のバランスが崩れてない」

「あん？」

襟巻の顔が、急に曇った。

疑うような眼差しで、俺の瞳を覗きこんでくる。

「胸だと？　おい、日比谷……。まさかおまえ、胸派じゃねーだろな……？」

え？

よくわからないことを言われ、俺は困惑……。

襟巻は、すごい勢いでまくしたてる。

「重要なのは胸より尻だろ！　俺がその絵師を気に入ってるのも、丸くてつんとした尻を気に入ってるからだ！　なのに、胸に目がいくなんて……。さては胸派だな？　多数派だからっていい気になってんのかっ」

ひぃいいーっ、そんな派閥あったのっ？

俺は胸派だろうけど、正直に言ったら、殺されそうな雰囲気だ。

とりあえずここは、合わせておこう……。

「いやっ、俺は尻派だから、胸派じゃないから！」

「ほっ、本当だよ！　尻に触れなかったのは、襟巻がどっちかわからなかったから、多数派に迎合しておいただけで……。お尻万歳っ」

「おおおー……」

少年のように目を輝かせた。

よかった……。かなり無理のある理屈だったけど、信じたみたいだ……。

「──で、どうだ？」

「……どうって？」

「この本、欲しくないか？　欲しいならデータをやるぜ」

「ええ？　いいのっ？」

「あー、もちろんだ。その代わりと言っちゃなんだが……。ちょっとしたことを、おまえに頼みたい」

「……ちょっとしたこと……？」

俺は眉をひそめた。

やっぱり、タダってわけじゃないらしい……。でもいったい、なにを要求してくるんだろう……？　金じゃなさそうだけど……。そうなると、なんだ？　見当もつかない……。

「………本当だろうな？」

首をひねっていたら、襟巻が人さし指で「1」をつくった。

意味ありげに片目をつむる。

「極上ちゃんとデート一回。それでいいぜ」

「なっ……」

これが狙いだったのか！

一回だろうが一〇〇回だろうが同じ。こんな尻好きの変態に、エクストラを貸したくない。てゆーか、そもそもエクストラが嫌がると思う。

だからここは断固拒否――のはずなんだけど……この本のデータは……なんとしても欲しい……。

う、うーん……。

「いいじゃねーか！　一回くらいケチケチすんな！　おまえだって、俺のスマホを借りてるだろ？　それと同じだ！」

同じのわけないよね……？　いや、ちょっと待てよ……。

ずるい考えが浮かんできた。

口約束だけして、うやむやにしちゃえばいいんじゃないか……？　もし、しつこく言ってきたら、エクストラが嫌がってるって言えば、逃げられるんじゃ？

うん、我ながら名案だ。これでいこう。

「わ、わかった……。じゃあ……そのうちね……」

「おおっ、さすがは兄弟！　話がわかるじゃねーか。んじゃ、さっそくおまえのスマホに送ってやるぜ」

え？　スマホ……？

「それはやめて！　俺のスマホはエクストラなんだよ！　バレちゃうから！」

「ハッハッハ……」

冗談だったらしく、両手を叩き、上機嫌で笑っている。

「わかってる、わかってる。送り先は、おまえのスクールPCにしておくぜ。学校にバレるとマズいから、メールはすぐ消せよ」

やった！

おさげちゃんとは話せなかったけど、貴重なデータを手に入れられた。

エクストラとデートっていうのは、ありえないけど……。ま、まぁ、のらりくらりとはぐらかせばいいと思う。

◆

「……あの、日比谷くん……。少しだけ、話してもええ……？」

四時間目が終わってすぐ、机の上を片付けていたら、ちょんちょんっと肩を突っつかれた。

「あっ……」

おさげちゃんだ。

朝のチャンスを逃してから、なかなか話すタイミングがなかった。もしかして、向こうも同じだったのかもしれない。

……これが、おさげちゃんか。

正面から、ちゃんと見るのは初めて。

小柄で華奢、華々しさはない。でも、とても整った顔つきで、下町娘っぽい愛らしさがある。

緊張しているのか、顔は赤く、唇は震えている。

「あ、あ、あのぉ……。昨日、驚いたやろ？　話したこともないのに、急にメッセージきて……。あとでうち、迷惑なことしたと思って……。それで……」

　手で顔を覆い「はわわわわーっ」と恥ずかしそうな声を発した。

「かんにんな！　オチもギャグも考えてへん！」

　オチもギャグも考えてないって……　そこ？　てゆーか、この子……よく見たら顔も可愛いし、今まで気がつかなかったけど、すごくおもしろい子なんじゃないの？

　予定外の感情が、胸の中に広がっていく。

　昨日は、おさげちゃんだろ？　くらいだったのに……急に緊張してきた。

「い、いいんだよ！　俺、なにも気にしてないから！　オチなんていらないし、メッセージもらえてうれしかった！」

「……ほんまに？　よかったぁ……。引かれたかと思って心配してたんや……。それにしても、日比谷くん、えらい優しいんやね……？」

「え？　どうして、そんなこと？」

「メッセージの文章から、いっぱい優しさ伝わってきたで」

　あ、いや、それは――

　エクストラのほうに目をやると、おさげちゃんも気づいたらしく、「そういえば――」とつぶやきながら、俺の視線を追った。

「うちと日比谷くんのやりとり、エクストラちゃんに筒抜けなんよね……？」

筒抜けどころか、文章考えてるのこいつだけど……。だ、大丈夫だよな？　おさげちゃんに、バラさないよな……？

視線に不安をにじませると、エクストラは、安心しなさい、と目で伝えてきた。

おさげちゃんのほうを向き、笑いかける。

「もちろん筒抜けだけど、気にしなくていいわ。わたしはスマホだもん。メッセージもらえるとうれしいの。こんなだめ明で悪いけど、もっとも一っと、たくさん送って」

「そうなんや。うん、ありがとな」

笑顔を見て、ドキッとした。

外見と同じで派手さはないけど、野に咲く花みたいな、素朴で奇麗な笑顔。風に吹かれたら折れそうで、守ってあげたい気持ちになる。

おさげちゃんは俺のほうに向き直り、スカートをつかんでもじもじする。

「……ほなら……行こか。為明くん……」

「……行くって……どこに？」

「へ？」

「え？」

ふたりしてキョトンとする。

おさげちゃんはトマトみたいに赤くなり、顔を覆って「あああーっ」と叫んだ。

「うちっ、勘違いしとったみたいや！　為明くんが、いっしょにごはん食べようってメッセージで書いとったから、本気にして……ふたりのお弁当までつくってきて……。あああ……恥ずかしい。そうやね……。冗談やね……。うちといっしょに食べるなんて……嫌に決まっとる……」

なにいいいいーっ？

素早くエクストラを見ると、そうよ、わたしが誘ったの、すごくない？　とでも言うように、ドヤ顔でうなずいていた。

いやっ、誘ったら報告しろよ！　なんだよ、その顔っ？

俺は慌ててフォローする。

「ごめん！　冗談じゃないから！　いっしょに食べたいと思ってるから！　今のはちょっとした勘違いで……。お弁当つくってくれたの？　ありがとう、すごく食べたい！」

「…………ほんま？」

「ほんまほんま！」

まだ疑ってる顔だけど、さっきより落ち着いてきた。

顔から手を離し、胸の前で組む。

「……ほ、ほなら……。お弁当、持ってくるで……」

「うん！　天気いいからさ、外に行こう」

「……………外？　あっ……うん、ええよ……」

あれ？

気のせいだろうか……？「外」と言ったとき、おさげちゃんが不安な顔になったような……。もしかして、外は嫌なの……？　いや、考えすぎか……。

三人で中庭のベンチに座り、弁当箱を開けた俺は、目を丸くした。

「これ、本当に、おさ――じゃなくて、西風さんがつくったの？」

珍しいおかずはないけど、卵焼きとか、ミートボールとか、ポテトサラダとか、定番のおかずがたくさん詰まっている。ミニグラタンは手作りだし、ウィンナーはタコになってるし、ごはんは猫の形になっている。さりげなく手が込んでる印象だ。

おさげちゃんは恥ずかしそうに、うん、とうなずいた。

「おかんが、いつも教えてくれるから、得意やないけど料理はするで。気に入ってくれると、ええんやけど……」

「すっごくおいしいわよ！　だめ明より料理うまいんじゃない？」

　エクストラはもう食べはじめている。

　じゃあ俺も、と卵焼きをかじった。

「うまい！」

「ほんま？　よかったぁー。うちは甘い卵焼きなんやけど、為明くんも？」

「うん。西風さんのと同じ味」

「茶子(ちゃこ)でええよ。うちも、為明くんって……呼ぶし……」

「……いいの？」

「うん」

　やった！

　こんな可愛い子が、お弁当をつくってくれて、下の名前で呼んでいいって、昨日までは考えられなかった大進歩だ。

　しかし――

「…………」

「…………」

　やばい……。

早くも会話がなくなっちゃった。

ちなみに座っている位置は、俺を中心にして、左にエクストラ、右におさげちゃんになっている。これは失敗だったかもしれない。俺じゃなくて、エクストラを真ん中にしたほうが、よかったんじゃ……？

つんつん、と左の脇腹を突っつかれた。

エクストラが、どうしたの？　なにかしゃべりなさいよ？　と目でうながしている。

そんなこと言われてもさ！　どうしたらいいか……。

口パクしながら肩をすくめると、ええー？　という感じで目を開いた。

いや、だって！

まったくもう……と、ひたいに手をあて首を振った。

箸を置き、笑顔をおさげちゃんに向ける。

「ねぇねぇ、茶子って猫が好きなの？　お弁当のごはんも猫だし、スタンプも猫だったし、箸も猫だし、よく、猫のイラスト入った靴下はいてるわよねー？」

へ？　ああ、ホントだ……。

言われるまで気づかなかったけど、猫が多い。

「……あ、うん……。うち、ニャヲ子って白猫飼っとるから……」

「えー？　猫飼ってるのー？　やーん、気になるぅ！　ねぇ、可愛いの？　白い毛モシモシしたりするの？」

モシモシ？　なにそれ？

「可愛いで！」

おさげちゃんの声が、急に大きくなった。

「学校帰りに、公園の段ボール箱に捨てられとってな。うちのこと、ジィーッと見てて、はぁー、運命やと思ったわ。うちが飼わなあかんって思ったわ。おとんもおかんも反対したけど、一週間言い続けたら、自分で育てるなら飼ってもええって。あっ、ニャヲ子の画像見る？」

「見るー」

「これやで」

「わぁー、すっごいモシモシしたーい」

ニャヲ子の画像を見ながら、俺はかなり驚いている。

おさげちゃんって、普通にしゃべれたんだ……。

それからおさげちゃんは、猫の家をつくった話、猫が病気になった話、公園で逃げ出した話など、楽しそうに話し続けた。

が、弁当を食べ終わったとき——

「あっれー？　西風じゃーん。高校きて初めて見た」

声の主は、派手な化粧をした茶髪のギャル。口元がニヤニヤしていて、なんとなく感じが悪い。

中学のときの知り合いかな……？

もしそうでも、たぶん友達じゃない。

おさげちゃんは青ざめ、ビクビク震えている。

「ひ、久しぶり……だね……。エリコちゃん……」

「ちょっとちょっとぉー……。下の名前で呼ばないでよ。仲いいと思われんじゃん！　つーか、となりにいんの誰？　まさかと思うけど……彼氏？　ふーん、ボッチで根暗の西風にも男いるんだー。中学のとき、あんなにいろいろあったのにー」

カラランッという音が響いた。

見ると、空の弁当箱が落ち、おさげちゃんの足元に転がっている。

「……あの、中学の話は……やめて欲しいんやけど……」

「えー？　なんでなんで？　都合が悪いの？　おもしろかったじゃーん！」

「そういうことや、なくて……」

このやりとり……一番嫌いなやつだ……。

俺は、鈍い男だと思う。エクストラみたいに、女子の靴下に猫がいることにも気づけない。でも、ボッチで根暗で、ずっとのけ者にされてきたから、おさげちゃんの心境は、他の誰より理解できる。

俺の怒りに気づいているのか？　それともいないのか？　感じの悪いギャルは、おもしろそうに「西風と同じクラスなの？」と話しかけてきた。

「そうだけど……？」

「余計なお世話かもしんないけど、こいつといっしょにいると盛り下がるよ。いっつも下ばっか向いて、まともに目も合わせらんないんだもーん」

この言葉は許せない。

でも俺は、なかなか怒りをあらわせずにいる。

争いごとは嫌いだし、ギャルは怖い。とくに、このギャルは怖い。

今思えば、こういうことが起こりそうだから、「外」と言ったとき、不安な顔をしたのかもしれない。

きっとおさげちゃんは言い返さないいし、黙っていれば、そのうちいなくなる。変なリスクを抱えるよりは——いや、でもやっぱり——

怯(おび)えるおさげちゃんを見ていたら、抑えられなくなった。

「あのさっ、どっか行ってくれない？　中学のときどうだったとか、最高に興味ないんだよ！　それに、茶子は暗くないから！　本当は明るく元気な子なんだ。俺にはわかる」

一転して押し黙り、不快そうな目で睨(にら)んでくる。

「……なに？　軽い冗談じゃん。マジになって、気持ち悪」

「どーでもいいよ！　早くどっか行けよ！」

「……ふーん……」

嫌味な感じで、へっと笑う。

「似た者同士ってこと？　まぁよく見れば、あんたも陰気な感じね。よかったじゃーん、西風。わかってくれる男がいて。んじゃねー」

背中を向け、手をひらひらさせながら去っていった。

ギャルはいなくなったけど、楽しい空気は戻ってこない。

俺もおさげちゃんも、下を向いて沈黙している。

「あの……為明(ためあき)くん……。ごめんな……。うちのせいで、あんなこと言われて……」

「いいんだよ！　なにも気にしてないから！」

おさげちゃんは、ふたたび閉口した。

迷うように視線を揺らし、ふたたび口を開く。

「……うちな、小学校まで関西におったんやけど、ギャグが寒いとか、ノリが変とか、オチが退屈とか、話すたびにダメ出しされとった……。ツッコミのフリして、みんなから頭叩かれることもあってな……。あの痛みが、忘れられへん……」

「……そんなことがあったんだ……」

驚きはなかった。

俺と同じで、なんとなく人を怖がってる感じだから、なにかあったんだろうと思ってた。

「でも……中学からは、関東だったんだよね……？」

「…………うん。中学はこっちやったから、おもしろさは求められんと思ってたんやけど……。むしろ『関西人ならおもろいこと言え』って、無茶ぶりがひどくなって……。すべると馬鹿にされて……。人と話すのが怖くなってしもた……」

こんなにいい子なのに……。いや、いい子だからこそ、言われるのかも……。

現場を見たわけじゃないけど、たぶん悪いのは攻撃していたほうだ。おさげちゃんが自分を責める必要なんてないと思う。

「うち、こんなんやから、嫌なら無理にいっしょにおらんでええよ」

ついに泣きだしてしまった。

「い、嫌だなんて、思ってないよ！　えっと……その……。俺も同じっていうか……。ずっとボッチだったしさ……。なんか、わかる気がする……」

「……ほんまに？」

「俺は無茶ぶりしない、っていうか……そういうのできないから……安心して……」

目が合って、妙な感覚になった。

こんな近くで目を合わせてるのに、気まずくならない。

おさげちゃんもそうなのかもしれない。目を逸らそうとしない。

が、急に赤くなり、アタフタと片付けはじめた。

「ほ、ほならっ、うち、戻るから！」

逃げるように——というか、文字どおり逃げていった。

残された俺は、背もたれに寄りかかり、はぁー、と息を吐いた。

エクストラが見ているのに気づき、難しい顔で頭を掻く。

「……なんだよ？　なんか文句あるかよ？」

「ないわ。むしろ褒めてあげる。あんた、やるときはちゃんとやるのね。五バイトだけ見直したわ」

あれ？

馬鹿にされると思ったのに、真面目な顔で褒められた。

なんか、調子狂うな……。

◆

春に三日の晴れなし、なんて言葉もあるけど、暑かったり寒かったり、最近は天気がコロコロ変わる。

困るのは服装だ。コートだと暑いし、なにも羽織らないと寒いし、外に出るとき迷ってしまう。

今は土曜の昼で暖かいから、ジャージに薄手のジャンパーを羽織っているだけ。

買い物袋をさげ、分譲住宅の小道を歩いている。

生姜(しょうが)焼きをつくろうとしたら生姜がなくて、しかたなく買ってきた。最初はエクストラに頼もうとしたけど、充電がないから無理、って断られてしまった。

本当に、充電がなかったのか……？　めんどうだっただけじゃないの？

「はぁー……しかもあいつ、マカロン買ってきてとか……。マカロン高いんだぞ」

まぁ買ってきたけどさ……。

角を曲がってすぐ、家の前に見慣れないスポーツカーがとまっているのに気づいた。

誰だろう？　叔父さん……じゃないよな……？

俺の家にくる大人といったら、引っ越しを手伝ってくれた叔父さんくらい。でも、あんなスポーツカーには乗ってないはず……。うん、やっぱり違う。運転席にいるのは、サングラスをかけた大人の美女だ。このへんは同じつくりの家がたくさんあるし、迷っているのかもしれない。

横を通って一〇段だけの階段をのぼり、家のドアを開けたら、「日比谷為明くんね？」と声をかけられた。

え？　俺を知ってる？

振り返ってよく見たけど、前に会った記憶はない。誰だろう……？

「……そうですけど……。あなたは？」

サングラスの美女は質問にこたえず、クイクイッと人さし指で手招きした。

俺はドアを閉め、警戒しながら近づいていく。

車まで一メートルの距離になると、美女はドアに寄りかかり、サングラスをずらして上目遣いに見つめてきた。

「……ふーん、たしかに。悪くはないけど、よくもないってところね。外見も中身もそこそこって感じ……。でも優しそうだし、ちゃんと育てれば、いい男になりそうっていうのも報告どおり……」

どこかで聞いたフレーズだけど……。ダメだ、内容より、ビッグな胸に意識が向いてしまう。

「どう？　私がつくって供与した子、気に入ってくれたかな？」

「…………」

「……えっと、君、聞いてる？」

「あっ、ハイ！」

慌てて視線を上げると、美女はぷっと噴き出した。

「君、何歳だっけ？」

「一六です……」

「……ああ、それならしかたないのかぁ。でも、そんな状態であの子といて大丈夫なの？　ムラムラしない？」

「……え？」

間。

「あの子って……。もしかして――」

「だめ明ー、どうしたのー？　帰ったんじゃないのー？」

　家の中から、エクストラの声が響いた。

　たぶん、ドアを開けたのに入ってこないから、不審に思ったんだろう。

「おっと」

　美女は少し慌てた感じで前に向き直った。ボタンを押し、エンジンを始動させる。

　気取った感じで指を上げ、

「今日は見にきただけで邪魔するつもりはなかったから、私は帰るわ。じゃ、あの子と仲良く、いっしょにいられる時間を楽しんで。あ、でも襲っちゃダメ。そのムラムラは、別の方法で処理しなさい」

「……は、はい……」

「バーイ」

　大量の煙を吐き、排気音をまき散らしながら去っていった。

　……結局、聞けなかったな……。誰だったんだ……？

「だめ明ー？」

ガチャッとドアが開き、入れ代わるようにエクストラが出てきた。

右に左に目をやりながら、俺のほうに歩いてくる。

「……誰かいたの？　なにか話してるっぽかったけど……」

「……いたんだけど……。名前も教えてくれなくて……」

「なにそれ、怪しくない？　どんな人？」

「えっと……」

思い浮かんだのは、たわわに揺れる大きな胸。

「……すごく、大きい人」

「は？」

ジトッとした目で見てきた。

俺は胸の前で手を振る。

「あ、いや！　そうじゃなくて！」

「まぁいいわ……。ところで、アレは？」

「……アレ？」

「もうっ」

じれったそうな顔になり、両手の指で、俺の胸を交互にツンツンしてくる。

「マカロンに決まってるでしょ？」

「ああ……」

そのことか。

「もちろん買ってきたよ。缶に入った一二個入りのやつ。ほら、これ」

「やったー」

いったいどれだけ好きなのか？

ひったくるように缶を取ると、頭上にかかげ、くるくる回りだした。

ピタッととまって、

「ありがとう、だめ明」

缶を頭上にかかげたまま、ぴょんぴょん跳ねるように階段をのぼっていく。

「うっ……」

俺が内心焦（あせ）っているのは、跳ねるたびにミニスカートがめくれるから。

セクシーな紫のパンツが、チラチラ見えてしまう。

ドアを開けたエクストラは、振り返って目をパチクリさせた。

「……どうしたのよ？　そんなに前屈（まえかが）みになって……。袋が重いの？　生姜しか入ってないんじゃないの？」

「いいからああーっ！　俺のことは気にしなくていいから！　先に入っててよっ」

「変なだめ明ー」

ま、いっか、という感じで中に入っていった。

たしかに美女の言うとおりだ……。ちゃんと、処理しないと……。

昼ごはんのあと、俺は部屋のドアに耳をつけ、外の様子を窺っていた。

……うん、ドラマの音は聞こえてる。まだ、見てるな……。

さっき一階に行ってみたら、エクストラは幸せそうにマカロンを食べながら、昼ドラを鑑賞していた。あの調子なら、当分、ソファーから動かないはず。

チャンスだ！

勉強机の前に座り、ノートＰＣを開いた。

やたらと深い階層に、「Ｅギフト」というＰＤＦファイルがある。わからないような名前だけど、これこそ、襟巻からもらったラブリーメロイドだ。

すぐに開こうとして、慌ててマウスを放した。
ダ、ダメだ……。このまま開くなんてっ、いくらなんでも無防備すぎる！　もしものときのため、先に準備しておかないと……。

ふぅー、と息を吐き、気持ちを鎮めた。

カーソルを移動させ、マイピクチャの中にある「ダミーデスクトップ」という画像を開いた。

これは、勉強中の画面をキャプチャし、画像化したもの。

仮に、エクストラが階段を上がってきても、ダミーを最大化すれば、勉強している感じの画面になる。エッチな本だろうがなんだろうが、ダミーに隠れて見つからない。

うん、我ながら完璧な計画だ。

「さて——」

時はきた。

Eギフトにカーソルを合わせ、カチカチッ、とダブルクリック。画面いっぱいに、金髪ツインテールの美少女が映った。

「おおー……やっぱり、似てるぅー……」

見れば見るほど、どっかの誰かさんにそっくり。

そう思うと罪悪感が加わって、胸の鼓動が速くなる。

ま、まぁいいよね……？　俺のせいじゃない。襟巻のせいだ。

期待に胸を膨らませ、ゆっくりスクロールする。

ドキドキドキ……。

四分の一ほど読んだところで、こぶしを震わせた。

くぅううー……イイ！　可愛いし、献身的だし、照れてる顔が最高じゃん！　ありがとう襟巻！　そしてごめん！　やっぱり俺、胸派だった！

熱い息を吐き、さらにスクロールしていく。

……うん、いいぞ……いいぞ……。やっぱり可愛い！　ああ、どっかの誰かさんもこんな感じだったらなぁー……。シチュエーションは似てるのに、どうしてこういう展開にならないの？　やっぱり、あいつの性格のせ――

「ねぇ、だめ明ー」

「ぎぃやあああああああーっ！」

背後でドアが開き、俺はびっくり仰天。大声をあげてしまった。

「なっ？　エクストラっ？」

ほとんど反射で、ダミーデスクトップを最大化した。

だ、大丈夫だよな……？　タイミング的に……見えてなかったと思うけど……。

入口のエクストラは、俺の声にびっくりしたようだ。わずかにのけぞり、片足を引いている。

「……なに？　どうしたのよ？　Gでも出たの？」

「そうじゃないけど！　ノックしないで開けたらびっくりするから！」

「はあ？　いつもしてないじゃない。変なだめ明……。ま、いいわ。そんなことより、クラスの女子からメッセージが届いたの。今日の一五時から、ヒグマコーヒーで『第二回コーティー会』っていうのをやるらしいわ。こられる人はきてって」

第二回コーティー会……？　名前から察するに、たぶん、プライベートなクラス会だ。コーヒーや紅茶を飲みながら、おしゃべりするのだと思う。

誘ってもらえて、すごくうれしい。

でも今は、このピンチを切り抜けることが重要だ。

ダミーのおかげで助かってはいるけど、ダミーは、しょせん、ダミー。

よーく見れば日付が違うし、時計もとまっている。

エクストラは、妙に細かいところに気づくから、かなり怖い……。てゆーか、エクストラ似のエッチな本を読んでいたなんて知れたら……どれだけ軽蔑されるんだろう？　嫌われて、二度と口をきいてくれなくなるかも……。ぜーったいに、この本を見られるわけにはいかない！　早く、一刻も早く、エクストラを追い払わないと！

「参加する！　参加するから、エクストラも、こんなところにいないで早く準備して」

「はあ？」

呆れたように口を開けた。

まったくもう、という感じで肩をすくめる。

「まぁ、行くべきだとは思うけど、即答はやめなさいよ。そもそもこのメッセージ、情報が少なすぎるわ。急に今日とかって計画性もないし、大雑把な子が大雑把に誘ってきたんでしょ？　行ったらアウェイだったなんてこともあり得るから、こたえる前に、情報を集めたほうがいいわ」

部屋に踏み入り、ゆっくり近づいてくる。

「とりあえず、誰に聞くか、作戦練るわよ。あっ、そもそもクラス会なら、パソコンにいっせいメールがきてるんじゃない？　ちょっとメールボックス見せてー」

うわあああああーっ！　くんなああああああーっ！

死ぬ！　マジで死ぬ！　画面に映ってるダミーは、ただの画像だ！　メールアプリをクリックしても、なにも起こらない。すぐにバレる！　バレたら……ラブリーメロイドが見つかって、死ぬ！

素早く立ち上がり、机に近づけないよう立ちはだかった。

「作戦なんて練らなくていい。俺が参加するって言ってるんだから、素直にそう送ればいい。だってクラス会だよ？　参加するの一択だろ！　その……え、襟巻も行くって……言ってたし……。わざわざ聞く必要……ないよ……」

「……は？　なにその言いかた？　心配して言ったのに、ちょっとムカつくわね……。てゆーか、もう襟巻と話したの？」

「そ、そう！　昨日学校で話した！　だから心配いらないんだよ！」

嘘だけど。

「……ふーん……」

エクストラは腕を組み、考えている様子。

「……ノリで決まった会かと思ったけど……話だけは、前からあったのね……。まぁ、あんたがわかってるなら別にいいわ。じゃ、参加でいいのね？」

「うん」

「……わかったわ。キロの速さで返信しとくー」

エクストラはやっと納得し、部屋から出ていってくれた。

◆

「へぇ、いい雰囲気の店ねー」

一五時一〇分前に、俺たちはヒグマコーヒーに到着した。

エクストラの言うとおり、アンティークな感じで雰囲気がいい。

壁はレンガ調で、大木みたいな四本の柱が、白い天井を支えている。

カウンターの向こうにいるマスターを見たら、どうしてヒグマコーヒーなのか、すぐにわかった。

無精ひげに、巨大な図体、サスペンダーでズボンを吊っていて、まるでクマみたいだ。

エクストラが肩を突っつき、「ほら、あっち」と奥を見るよううながした。

「クラスの子たちがいるわ」

「……本当だ」

クラスメイトの三人が、コーヒーカップを片手におしゃべりしている。

三人だけか……。

見渡しても、他に見覚えのある人はいない。たぶんみんな、ギリギリにくるんだと思う。

俺たちがきたのに三人も気づき、顔を上げて笑いかける——かと思いきや、意表を突かれた顔で黙ってしまった。

「や、やあ」

俺が片手を上げると、その子たちは会釈を返し、ヒソヒソ声で話しはじめた。

……なに？　この反応……？　誘われたからきたのに……嫌な感じだ。

「ちょっと、だめ明――」

エクストラが小声で話しかけてきた。

「……なんか、変じゃない……？　ちゃんと確認したのよね……？　これ、ただのクラス会なのよね……？」

「う、うん……」

聞こえない声量で「たぶん」と付け足したのは、心配になってきたから。

確認なんてしてない。ラブリーメロイドを守るため、その場しのぎでついた嘘だ。

なにも知らないエクストラは、「ふーん、そう……」と、あいまいにうなずいている。

「……前回参加しなかったから、驚かれただけかもね……」

「ああ、たぶんそれだよ！」

さすがはエクストラだ。その推理が正しい気がする。

ホッとしていたら、チリンチリンッと、ドアに吊るされたベルが鳴った。

複数の足音、楽しそうに話す声、クラスメイトがどんどん入ってきて、席が埋まっていく――のはいいんだけど、ちょっと待って！　これ、どういう状況っ？

見渡すかぎり、女子しかいない……。

エクストラは顔を左右に振り、頑張って状況把握しようとしている。

「だめ明っ、あんた……本当の本当に確認したのっ？」

「えっと、その……実は……」

「してないのっ？」

「は、はい……」

「信じらんない……」

ダメだこいつ、という感じで頭を抱えた。

入口のほうに目をやると、柱の陰から、そーっと覗(のぞ)いている女子がひとり……。

おさげちゃんだ。

ほんまに、うちがきてもよかったんやろか……？　と思っていそうな表情で、不安な視線を漂わせている。

「あ、西風(にしかぜ)さんきたー」

「こっちの席、空いてるよー」

「う、うん……。でも、うちが座ってもええの……？」

「もちろん！」

「ほ、ほなら――」

柱の陰からゆっくり出てきて、俺のうしろを通りかかり、目を丸くした。

「ええっ？　為明くん、なんでおるん？」

「……い、いや……。誘われたから……きたんだけど……」

「誘われたって――」

頭の上に、クエスチョンマークを浮かべた。

たしかめるような口調で、

「でも……これって……女子会やろ……？　誘われるわけ――ハッ、そ、そっか……エクストラちゃんがおるから……」

「あー、やっとわかったわ！」

エクストラがポンッと手を叩いた。

「誘われたのは、わたしだったってことよ！　あんたのＩＤに送られたけど、あんた宛てじゃなかったの。あー、わかってスッキリぃー」

え？

俺が理解するより早く「そっかぁ！　ごっめーん！」と、近くの席から声があがった。

メッセージをくれた子が、頭を掻きながら舌を出している。

「勘違いさせちゃったね！　私が誘いたかったのは、日比谷（ひびや）くんじゃなくて、エクストラちゃんだったんだぁー。ちゃんとそう書けばよかったー」

ドッと沸いた。

きっとみんな、俺がいるのを変だと思ってたんだ。「だからいたんだぁー」とか「女子会にくるとかウケるー」とか「いっそ男やめればいいじゃん」とか言いながら、アハアハ笑っている。おさげちゃんは俺の肩に手を置き「ドンマイタケ……」と、変なオヤジギャグで励ましてきた。

……ま、まさか……呼ばれてもない女子会にきちゃったなんて……。

恥ずかしさが秒ごとに倍になっていく。もうこんなところには、一秒たりともいられない！

「失礼しましたーッ」

背中で笑いを浴びながら、店を飛び出した。

そうだった！　俺のスマホはエクストラだった！　俺宛てじゃないメッセージも、俺のスマホにくることがある。ああ、ちゃんと確認しておけばよかった……。

第三章 デートのアポ取りもカンタンカンタン！

忘れるというのは、人間の能力だと、どこかで聞いたことがある。

そんな馬鹿なって思ってたけど、今はそうだと思える。

呼ばれてもない女子会に行き、とんでもない大恥をかいた。あれから数日、ふと思い出しては、金切り声をあげたり、机におでこを叩きつけたり、布団(ふとん)を蹴ったりしていた。もう一生、幸せな気分になれないだろうと思っていた。

でも、今はだいぶ回復してきた。まぁ、傷は残ってるけど……。

「はぁー……。俺って、どうしてああなんだろう……？　そういう星の下に、生まれたのかな……」

あんなことを繰り返してたら、彼女なんてできないと思う。

ふと、まわりの男たちは、どうなんだろうと気になった。みんな、俺みたいな状況なんだろうか？　それとも、もっと進んでいるのだろうか？

ノートPCで、高校生の恋愛事情について調べてみる。

恋愛ブログで有名な、恋織キララのブログを読み、あるワードが目にとまった。

……ん？　初デートの年齢？　ふーん……いくつくらいなんだろう？　大学生くらい？

一八とか一九とか、そのくらいが多いのかな……？

なにげなくスクロールして、衝撃を受けた。

「嘘だろ……？　一番多い初デートの年齢は一六歳？　俺……一六歳だよ？」

口に手をあて、不安定に視線を揺らす。

……つまり、遅れてるってこと？　いや、遅れてるのはわかってたけど、そんなに差が開いてるの……？

「た、た、た、大変だ！」

椅子を倒して立ち上がり、走って部屋を出た。

「エクストラああああああああーっ！」

ドドドドドドド……と階段を下りていく。

転がるようにリビングに入った。

「エクストラ！　俺、女の子とデートしたい！」

ソファーの上のエクストラは無反応。

うつ伏せに寝そべり、右手でマカロンを食べ、左手で少女漫画を読んでいる。

「ねぇ、エクストラ！　聞いてるっ？」

「……馬鹿じゃないの？」

「エクストラああああーっ」

ソファーに駆け寄った。

少女漫画を取り上げ、むんずと手を握る。

「お願いだよ！　協力してよ！　ネットの情報だと、初デートで一番多いのは一六歳なんだって。俺もう一六だよ。なのに一度もデートしたことない。予定もない。このままじゃ置いていかれる。ちょうどGWだし、この機会に誰かをデートに誘――」

「ちょっ、離してよ」

エクストラが振り切るように手を払った。

かったるそうに起き上がり、足を組む。

あらわになったのは、変なTシャツ。胸のところに「アップデート対象外」とプリントされている。

「なにを見たのか知らないけど、そんなの、人によって違うものでしょ？　まわりがどうとか、気にすることじゃないわ」

「で、でも！　それでなくても俺は遅れてるし、このへんで頑張らないと、どんどん差が開く気がする。差が開いたら、あきらめちゃうかも……」

「はぁー……」

ため息をついた。

自分の肩を揉みながら、

「――で？　具体的に誰を誘う気なの？」

「えっと……」

考えてなかった……。デートしたいってだけだった。

顎に指をあて、考える。

「そうだなぁ……。どうせなら、千元さんが……」

「無理に決まってるでしょ」

「そんなの！　誘ってみなきゃわからないだろ！」

「言いたいことはいろいろあるけど、まず、物理的に無理なの。あの子のＩＤ知らないから連絡できないわ。今、連休中で学校でも会えないし、どうやって誘う気なの？　家に押しかける？　家も知らないでしょ？」

ぐうの音も出ない正論だ。

「じゃあ、ってなによ？　失礼ね！　まぁでもそこは置いといて、本当にいいの？」

厳しい目で問われ、一歩うしろに下がった。

たしかに、俺が憧れているのは千元さんだ。

でも、ぜんぜん近づけないいし、憧れは憧れなのかもしれない。

その点、おさげちゃんは、いっしょにごはんを食べるし、会話もする。似ている部分もあるから、いっしょにいて安心する。可愛いし、文句はない。

「大丈夫。前はタイプじゃないって思ったけど、今はおさげちゃんとデートしたい」

「いや、そうじゃなくて……。逆の話よ」

「へ？」

「仲がいいからって安心しないで。女の子はね、男に仲良しチケットを渡すとき、友達候補と恋人候補でチケット分けてる場合が多いの。で、一度あげたチケットは、なかなか変えない。友達チケットを渡した相手は、どんなに仲良くなっても、一般席の最前列まで。恋人専用のＶＩＰルームには入れない。ＶＩＰルームに入れろと騒げば、つまみ出されるわ。あんた大丈夫？　つまみ出されない？」

「……じゃあ、おさげちゃん」

「うっ……」

なんだか、怖くなってきた。

おさげちゃんは俺のこと、嫌いじゃないと思う。好意も感じる。

でもそれは、友達として？　それとも恋人候補として？　わからない……。気にしたこともない……。

エクストラが、さらに追いこんでくる。

「デートに誘うってことは、一歩踏みこむってことよ。もし、友達チケットなら、距離を置かれる可能性がある。友達ですら、いられなくなるかも」

「うぐぐ……」

「どうするのっ？　だめ明（あき）っ」

逃げたい……。やっぱりなかったことに、って言いたい……。

でも……ここで引いたら情けない。これから先、ずっと逃げるようになると思う。

「誘う……。誘ってみるよ！」

「そう、なら、文面はあんたが考えなさい。ほら、そこにメモ用紙があるから」

「……うん」

小難しいことは書かない。シンプルに、「明日の昼、暇だったら、トンネル通りのロロスでごはん食べない？」という文面にした。

「できたよ。はい」

震える手で、メモを差し出した。

「これね、オッケー。ギガの速さで送ってあげるわ」

ソファーに寄りかかり、目で文をなぞりはじめた。

「できた。じゃ、これで送信、と……」

送った……。

もうできることはない。返事を待つだけだ。

ベッドの縁に腰を下ろし、ひたすら待つ。

「あっ、既読ついた」

じゃあ、もうすぐ返事がくるはず……。

YESなのか？　NOなのか？　俺は祈りながら待っている。

半ば勢いで誘っちゃったけど、いざ送ってみたら、絶対に断られたくない。でも、優しいおさげちゃんなら、NOでも俺を傷つけないと思う。

「んー……。遅いわねぇー……。いつものあの子なら、とっくに返してるけど……」

「ええ？　そうなの？」

動揺したら、エクストラがニヤッと笑った。

「もしかして……今ごろこんな感じなんじゃない？」

肩をすぼめ、おさげちゃんの真似をする。

「うわぁー、為明くんからデートに誘われてしもた……。ど、どないしよ？　うち、そんなつもりやなかったのに。ただの友達のつもりやったのに。うちが仲良くしすぎたから、勘違いさせてしもた。ううう……。為明くん、うちのこと、そんな目で見とったの？　あ、なんて返せばええの？　困るよぉー」

「やめてええええーっ！　リアルにありそうだからやめて！　痛いよ！　心が痛いよ！　死んじゃうよ！」

「フフフ……。あっ、だめ明！　返信きたわ」

き、きた？

「それでっ？」

「えっとねぇー……ひあっ」

エクストラが叫び、俺の心臓が跳びはねた。

「……なにっ？　どうしたの？」

エクストラは眉間に皺を寄せている。

手厳しい返信でもきたのか？　こんなに緊張するのは、高校受験の合格発表以来だ。

呼吸が乱れ、一秒がとても長く感じる。

ふいに、エクストラが舌を出し、テヘッと笑った。

「ごめん、誤爆してた」

「………は？」

予想外すぎて、頭が追いついてない。

「……誤爆って、どういうこと？」

「送り先を間違えてたの」

間。

「はあああああーっ？ 誰に送ったの？ いったい俺は誰をデートに誘ったの？」

「えっとね、同じクラスの芹山扶姫」

「……それって、まさか……あの、おっかない不良ギャルっ？」

同姓同名なんているはずない。

俺は青ざめた。

「よりにもよって、あの不良ギャルとか！ 大事故だろ！ 早く取り消せよ！」

「ムリムリー」

手をひらひら振っている。

「だって、もう既読ついてるし、『わかった』って返信きたもん。今更、間違えましたはないでしょ」

「えええっ？　俺、あいつとデートするの？」

「安心しなさい。デートにはならないわ。茶子（ちゃこ）もくるって」

「は？」

「今、茶子にも送ったの。『うん、いくいく。楽しみやね』って、秒で返ってきたわ。よかったじゃなーい。そもそもいきなりデートなんて、段階すっ飛ばしてる。最初はグループからってね！　あんたとぉ、茶子とぉ、わたしとぉ、扶姫！　うん、バランスいい。結果オーライ」

「ふっざけんなっ、大惨事じゃないか！　おさげちゃんと不良ギャルって、絶対無理な組み合わせだよ！　TKGにパイナップル混ぜるようなもんだから！」

「うーん……」

腕を組み、首をかしげる。

「そのたとえ、よくわからないわ」

「うがあああー」

すごい腹たつ！　たとえが適切かどうかなんて、今はどうでもいいんだよ！

「エクストラ！」

「だめ明！」

瞬時に返され、たじろいだ。

「……な、なんだよ？」

「男だったら、もっとどっしり構えなさい。過去の小さなミスを、いつまで引きずってるの？　これはもう終わったこと。過去を見るより未来を見るのよ！」

「——ッ？」

いや、ぜーんぶおまえのせいだからね！　ぜんぜん小さなミスじゃないし、いうほど過去でもないし、てか、なんで俺がミスした感じになってるの？

まぁでも、言ったところで状況は変えられない。

俺は頭を抱えた。

あの不良ギャルとランチなんて、とんでもないことになってしまった。

◆

翌日のランチタイム。

まわりのテーブル席から、楽しげな会話が聞こえている中、俺のまわりだけは別世界のように沈んでいた。

俺は引きつった笑みを浮かべ、震える手でコーヒーカップを持ち上げる。

「い、いやあ……。今日はお日柄もよくて……最高だよね……」

「……そ、そやね……。昨日も晴れやったしぃ……今日も晴れたしぃ……明日も、晴れならええね……」

反応してくれたのは、おさげちゃんだけ。

不良ギャルの芹山扶姫は、殺気立った雰囲気で俺を睨んでいる。

……こ、これ……いったいなんの罰ゲームだよっ？

コーヒーカップを傾けながら、こっそり扶姫を盗み見る。

全体的にすれた感じだ。

鼻筋の通った美人だけど、黒と金のセミロングのせいで、虎みたいに見える。

服は黒を基調としたビジュアル系。

肩にとまっているタトゥーの蝶や、首の下で揺れているチョーカーのドクロが、すっごく怖い。

そのとなりのおさげちゃんは、まさに被害者。

ボーダーのトップスにサスペンダーつきのスカート。頭にベレー帽をのせている。「こんなはずやなかった……」という心の叫びが、聞こえてきそうな表情だ。

なお、俺のとなりのエクストラは、「デザート、なに食べよっかなぁー」とつぶやきながら、メニューで視界を覆っている。

本当にこいつは、殴っていい気がしてきた。

俺はコーヒーカップを置き、おしぼりで手汗を拭う。

どうするんだよこれ……？　気まずいにもほどがあるだろ……。てゆーか、どうしてこの不良ギャル、ずっと無言なの？　とにかく、場をなごませないと……。

おさげちゃんも、そう思ったようだ。

「あのぉ……これ……」

コーヒー用の砂糖を指さし、にへらっと笑う。

「佐藤（さとう）さんがつくった砂糖、なーんてっ」

「…………」

「…………」

「…………」

お、お、おさげちゃあああーん！

死んだ。渾身のオヤジギャグがすべり、おさげちゃんは抜け殻になってしまった。今から笑ってあげても魂は戻ってこない。もう手遅れだ。

くそ、なんてこと……。

おさげちゃんのコミュ力は、間違いなく俺より低い。

それでも頑張って突撃したのに、俺は安全なところにいる。ここで男を見せずして、どこで見せるというのか？

「芹山さんっ」

が、ぎろっと睨まれ首をすぼめた。

「……あ、いや……その、なんでも……ないけど……」

無理だ、無謀だ……。彼女いない陰キャ童貞の俺に、不良ギャルの相手なんてできるはずない……。

すでに、おさげちゃんは戦死。俺は戦力にならない。となれば、頼れるのはひとりだけだ。

エクストラ！　どうにかしてくれ！

ＳＯＳの視線をおくると、俺の想いが通じたのか、エクストラがメニューを畳んだ。

凜々しい表情で、フッと微笑む。

おおっ！

なんだかんだいっても、ピンチのときは助けてくれる。頼りになるスマホだ。と思っていたら――

ピンポーン……。

「はい、お呼びでしょうか？」

「フレッシュ苺のマカロンケーキ、ひとつね」

「かしこまりました。すぐにお持ちしてよろしいですか？」

「いいわ。お願ーい」

はあああああーっ？　この状況でデザート注文？　え？　なんでこいつウキウキしてるの？　俺、なにも喉通らないんだけど！　てゆーか、そもそもおまえがミスったせいだよねっ？　どうにかしろよ！

あっ……。

エクストラと目が合った。

俺は扶姫のほうを見るよううながし、あいつをどうにかしてくれ、と訴える。

今度こそ通じたか、エクストラはハッと口を三角にして「そうね……。わかったわ」とつぶやいた。

にこっと笑い、席を立つ。

「ケーキなら、ココアよりもコーヒーよね！　わたし、コーヒーとってくるー」

違ーうっ！　ドリンクバーじゃなああああああーいっ！

ダメだ……。あのスマホ、もうケーキのことしか考えてない……。そういえば、ファミレス楽しみー、ってくる前に言ってたから、舞い上がってるのかも。

……どうしよう？

テーブルに片肘をつき、ひたいを支えた。

エクストラは離席、おさげちゃんは戦死、扶姫は——スマホをいじりだした。

SNSでも、見てるのかな……？

それなら家でやればいいのに、と思い、ふと疑問が湧いた。

そもそもこの不良ギャル、なんで誘いをOKしたんだろ？　てゆーか、なんで帰らないの？

つまらないなら帰ればいい。でもそうしないってことは、ここにいたいのか……？

そう思ったら、勇気が出てきた。

「あのさ……。芹山さん……」

「…………」

「……それ、なにやってるの？　ＳＮＳでも見てる？」

「…………」

反応なし。

やっぱり、無理ですよね……。

お手上げだ。

「……ゲーム」

「え？」

今、ゲームって単語が聞こえたけど……。

まさか……。こんな怖い不良ギャルが、ひとりでスマホゲームやってたの？　一番やらなそうに見えるのに……？

俺の表情が気に障ったのか、扶姫は頰を紅潮させ、キッと睨んできた。

「なめんなよ」

「いやっ、そんなつもりは――」

ひぃ、怖えええー……。

俺は完全に萎縮。逆におさげちゃんは、「ゲーム」という単語で復活した。

「ほんま？　扶姫ちゃん……。なんのゲームやっとるん？」

「秘密」

「うちもゲーム好きやで。休み時間は、いっつもひとりでゲームやっとる。あ、昨日、めっちゃおもろいゲーム見つけたで」

ポケットからスマホを出し、ロックを解除している。

おさげちゃん、頑張るな……。

いつも女子グループから逃げてるから、今日も扶姫がいると知ったら、逃げるだろうと思っていた……。

でも、エクストラは俺の予想を否定していた。

おさげちゃんが怖がっているのは、キャッキャしている集団だと。扶姫は怖いけど、自分と同じボッチだから、むしろ、友達になろうとすると。

どうやら、エクストラが正しかったようだ。

おさげちゃんは肩を寄せ、扶姫にスマホの画面を見せている。

「これやで。アンチストーンってゲームでな、たまに広告入るけど、無料でプレイできるで。ほれ、スタート押すと食事のメニューが出てきてな、なに食べるか選べるんやで。ほうれん草とか、タケノコとか、シュウ酸の多い食べ物選ぶと、尿管結石になってゲームオーバーや」

「クソゲーじゃん」

ストレートすぎ！　もっとオブラートに包めよ！

「ク、ク、クソゲーやないで！　神ゲーやで！　そこは譲れへん！」

「あー、うん……」

扶姫が前髪をいじっている。

「……クソゲー好きなら、たこ焼きニョキニョキやってみろよ。あれ、すっげぇキモかったから」

「もうやったで！　神ゲーやったで！」

「マジ？　あたし、五分でやめた」

「三日はやらんと、真の価値はわからへん！」

あれ？

ちゃんと会話できてる。スマホゲームという共通の趣味が見つかったからか……？

「わー、なんか楽しそうな雰囲気ぃ。なに話してるの？　え？　スマホゲーム？　それなら今度いっしょに遊ぶ？　わたしで遊べば、スマホゲームも一〇〇倍おもしろくなるわ」

使えない俺のスマホが、コーヒー片手に戻ってきた。

おさげちゃんが視線を上げる。

「へぇ、エクストラちゃんで、スマホゲームできたんや？」

「もっちろんよ。わたしはハイエンドスマホだもん」

「どうやるん？」

「それはねぇー……」

　ラフリルリルリラ、ラフリルリルリラ、ラフリルリルリラ、ラフリルリルリラ、ラフリルリルリラ～

　スマホの着信音だ。

　俺のじゃないなと思っていたら「……はい……」と、扶姫がスマホを耳にあてた。

「……うん……今、駅前……。うん、ごめん……」

　扶姫の声のあいだから、大人の声が聞こえてくる。

　家から電話？　なにかあったのか……？

「……わかったから……。大丈夫……。すぐ、帰る……」

　帰る？

通話を切り、億劫そうに立ち上がった。

財布から札を出し、テーブルの上に置く。

「あたし、用ができたから」

「あ、うん……」

「扶姫ちゃん、また学校でなー」

おさげちゃんが手を振った。

扶姫はチラッと目を向けたけど、手を振ろうとはしない。ポケットに手を入れ、なにも言わずに去っていった。

「はぁー……」

おさげちゃんが肩を落とした。

「……せっかく、仲良くなれそうやったのに……。なんとなくやけど……扶姫ちゃん、悪い子やない気がする……」

そうかもしれない。

なるべく関わらないようにしてきたけど、いっしょにいて印象が変わった。まぁ、怖いのは変わらないけど……。

「失礼しまーす。フレッシュ苺のマカロンケーキのお客さまー」

「やったー、わたしっ」

「前から失礼しまーす。空いたお皿はお下げします。あ、ありがとうございます。ではごゆっくりー……」

「わー、おいしそう！　写真撮ってスイッターに載せよー」

ケーキを前にして、エクストラはご満悦だ。

写真を撮っているらしく、ケーキに向かって何度もウィンク。そのたびに、パシャッ、パシャッ……という音が響いている。

こいつ、俺のアカウントでつぶやく気か……？

言いたいことはたくさんあるけど、まぁ、今はいい。

俺は冷めきったコーヒーを飲み、ホッと息をついた。

◆

梅雨がはじまり、三日前からずっと雨だ。

俺は、英語の授業を右から左に流しながら、頬杖（ほおづえ）をつき、窓の外を眺めている。

非日常を感じたからか、小さいころは雨が好きだった。でも今は、服や靴が汚れるからわずらわしいだけ。

　大人に近づくたび、世界がつまらなくなっていく。

「それでは、括弧の中に適切な助動詞を入れ『あなたが試験で合格しますように、と彼女は私に言った』という文を完成させてください。ミス・センゲン、どうですか？」

「はい――」

　千元さん？

　現実に引き戻されたのは、たぶん俺だけじゃない。ボーッとしていた男たちが、いっせいに顔を上げた。

「"May you pass the examination!" she said to me. でしょうか？」

　ネイティブみたいな発音に、おおー、と歓声が起こる。

　近くの男子ふたりが「やっぱり弓たんは最高でござるな」「バッカ、おまえじゃ無理だぞ」などと小声で話している。

　やっぱり、みんな好きなんだ……。

　知り合ってもうすぐ二ヵ月になるけど、まともに話せていない。同じ教室にいるのに、とんでもなく遠い気がする。しかもライバルは多い。

　はぁー、好きだけど……届く気がしない……。

唯一の救いは、他の男もそうだってこと。正直、他の誰かとくっついて欲しくない。ずっと、清廉なままでいて欲しい。

ちなみに今日、おさげちゃんは風邪をひいて休んでいる。

不良ギャルの扶姫は、あいかわらずで、とくに進展はない。

エクストラは——よだれをたらして爆睡中だ。あ、いや、爆睡と言うと怒る。スリープモードと言わなきゃいけないらしい。同じことじゃないのかな？　変なところでめんどうくさい……。

チャイムが鳴り、昼休みになった。

先生が教室を出ていき、生徒たちが「あー、飯だ飯だ……」「これじゃ今日もサッカーできねーな」などと言っている。

俺も学食に行くか……。

「エクストラー……」

肩を叩（たた）こうとして、寸前でやめた。

すー、すー、と寝息をたてながら、気持ちよさそうに寝ている。

まぁ、今日はおさげちゃんもいないから、お昼は遅くてもいい。二〇分たって起きなかったら、そのとき起こそう。

「……じゃ、トイレにでも行ってくるか……」

行ってみたら、一番近いトイレは大混雑だった。

暇だったから待ってもよかったけど、中には、暴発寸前というような、鬼気迫る表情の人もいて、なんか、俺が使っちゃいけない気がする。

そういえば、職員室の向こうにもトイレがあるな……。みんな使わないから、空いてるはず。よし、そっちに行こう。

「はぁー、やっぱり空いてた、っていうか……。誰もいないなんて……。ここ、穴場かも……。いいとこ見つけたな」

用を足した俺は、ハンドタオルで手を拭き、廊下に出た。

あっ……。

足をとめたのは、少し前を、千元さんが歩いていたから。

先生に頼まれたのか、段ボール箱をふたつ抱えている。

……これ、チャンス……だよね？

駆け寄って、手伝おうか？　と言えばいい。たぶん、教室まで持っていくから、それまで並んで歩ける。会話だって、できるかもしれない。

よ、よし……。

でも、なかなか踏み出せない。

別に悪いことじゃない。持ってあげるんだから、千元さんだって助かるはず。

いくらそう思おうとしても、ためらう気持ちが消せないのは、自分の下心に気づいているからだ。

親切心はもちろんあるけど、これをきっかけに仲良くなりたい、って気持ちのほうが強い。見透かされて嫌われないか……？　いや！　俺はなにを考えてるんだ？　こんなチャンス二度とない！　早くしないと、角を曲がっちゃう！

軽く走り、爽やかに――というイメージだったけど、やっぱり俺には無理。ドタドタ追いかけ、裏返った声で「はのっ、千元さん！　手伝うよ！」と引きとめた。

「あら？」

立ち止まり、おもしろそうな目で見つめてきた。

「日比谷(ひびや)くん……手伝ってくれるのですか？」

「は、はい……」

「わぁ、優しい」

　にこっと笑った。

「……ところで日比谷くん、おひとりですか？」

「ご、ごめん、ひとりだけど……。そのくらいの荷物は持てるから」

「ひとりなんて珍しいですね。それでは甘えさせていただきます。はい」

　え？

　段ボール箱をふたつとも、俺の腕にのせてきた。

　思ったより図々しいんだな……。ちょっとびっくり。

　くすくすくす……。

　千元さんが、口元に指をあて笑っている。

　楽しんでいるような軽い口調で、

「もちろん冗談です。ひとつは、わたくしが持ちます」

「ええっ？　冗談？　千元さんも冗談言うんだ……」

「冗談を言えるのは信頼のあらわれですよ。日比谷くんが怖い人なら、できません」

「そ、そうなんだ……」

　どんな顔していいのかわからず、俺は目を泳がせている。

「では、上の箱はわたくしが持ちます。さぁ、行きましょう」

ひとつを持ち、歩きだした。

うまくいった……のかな？　となりに並んでも、よさそうな雰囲気だ。

しかし、すぐに沈黙が訪れ、自分の甘さを痛感した。

考えていたのは、声をかけるところまで。それより先はノープラン。しかも今は、エクストラの助けもない。

……ど、ど、どうしよう？

あれこれ考えていたら、千元さんのほうから話しかけてきた。

「日比谷くんがきてくれて、ちょうどよかったです」

「え？　ああ、うん……これ、けっこう重いからね……」

「いいえ、荷物のことではなく……」

口ごもり、わずかに頬を紅潮させる。

「……えっと、その……一度、話してみたいと、思っていました……」

「うぇっ？　俺と？」

信じられない……。千元さんが……俺と話したかった？

いや、手伝ったから、気をつかってくれてるのかも……。たぶん、そうだ。

「日比谷くん、前に読んでいましたよね？　『モモ』という本」

「え？　モモ？」

「はい、ミヒャエル・エンデの『モモ』です」

夢見るような瞳で、ゆっくり話しはじめる。

「実はわたくし、ミヒャエル・エンデの大ファンなのです。モモはもちろん、はてしない物語、鏡のなかの鏡、ジム・ボタンの機関車大旅行など、日本語訳されたものは、ほとんど買っています」

ミヒャエル・エンデの『モモ』って――あの本か！

謎めいた雰囲気で、ボインのお姉さんも出ないから、俺には無理って思ったやつだ……。

千元さん、あの本のファンなの？　ちょちょっ、どういう内容だっけ？

頭をフル回転させ、必死に記憶を呼び起こす。

そう、たしか主役は……モモって名前の、髪がボサボサの女の子。廃墟(はいきょ)みたいな円形劇場に住んでて、魔法が使えるでもなく、すごい力があるわけでもなく、人の話を聞くのがうまいってだけ……。円形劇場にくる友達と、毎日、いろいろな遊びをしていて……えっと、えっと……なんだっけ……？

最初のほうしか思い浮かばず、自分自身に絶望した。

モモっていう少女が、時間どろぼうと戦う話なのに……。俺はまだ、時間どろぼうが出るところまで読んでない……。千元さんも好きなんだ……。へぇー、あれ、おもしろいよね」

「はい、幼いころは純粋におもしろかったのですが、今読み返すと、いろいろと考えさせられます」

「……ああ、うん……」

「最近、ふと思うのです。知らないあいだに、自分の幸せな時間を、時間どろぼうに取られてしまっていないかって……。日比谷くんは、そう思いませんか？」

「へっ、俺？」

ど、どうしよう……？

そこまで読んでいないと正直に言うべき？　それとも、このまま誤魔化す？

迷っていたら「いたああーっ！　だめ明！」と、エクストラの声が反響した。

両手を大きく振り回し、すごい剣幕で歩いてくる。

「あら？　エクストラさんですね」

千元さんが足をとめた。

体を俺のほうに向け、笑いかけてくる。

「日比谷くん、ありがとうございました。もう教室につくので、ここでいいですよ」

「いや、ここまで持ってきたんだし——」

「いいんです」

そうしてくれという口ぶり。

まぁもう教室だし、言い合いになるのも嫌だ。

「……じゃあ」

「とても助かりました。では、また——」

歩きだした千元さんは、エクストラに軽く会釈。

エクストラはというと、え、なに？　みたいな顔ですれ違い、俺のところにやってきた。

「……あんた、千元弓子と……いっしょにいたの？」

「うん、運ぶのを手伝ってて」

「……ふーん、まぁいっか……。それより、なんで起こしてくれなかったの？　なんでわたしを置いていったの？」

「そ、そんなことしてないよ！　気持ちよさそうに寝てたから……。俺だってまだ食べてないから」

「あ、そう……。食べてないなら許してあげる。じゃ、早く行きましょ」

「うん」

一度振り返り、教室に入る千元さんを見た。

いちおう会話はできたけど……。少しは近づけたのかな？　とりあえず、帰ったら、ミヒャエル・エンデの『モモ』を読んでみよう。

◆

んー……やっぱりこの本、わかるようでわからないな……。

半乾きの髪をタオルで拭きながら、『モモ』を読んでいる。

千元さんは、この本の大ファンって言ってたけど、魔法もエロも出てこないから、俺には厳しい。まぁでも、これのおかげで話せたんだし、ちょっと気合入れて挑戦するか。

「だめ明ー、茶子(ちゃこ)からメッセージ返ってきたわー」

「……へ？　エクストラ？」

びっくりして振り返った。

ドアを開く音はしなかった……。なのに、すぐうしろから声が聞こえた……。振り返って見渡しても、いない……。なに？　ホラー？

「ここよぉー……」

「どこっ？」

「ここぉー……」

姿は見えないのに、声だけ聞こえる。

スマホの機能に、透明化なんてないよな……？　いや、そんな機能、あってたまるか。

椅子から立ち、クローゼットを開けたり、カーテンをめくったりする。

いない……。

「だめ明、ここよぉー……。早く見つけてー……」

ベッドのほう？　いや、でも……いないけど……。

あっ！

よく見たら、ベッドがいつもの位置より手前にズレている。すごく怪しい……。

壁とベッドのあいだを見下ろすと、エクストラが挟まっていた。

「ちょっ……おまえ、なにしてんのっ？」

「フッフッフッ……」

不敵に笑いながら、よいしょ、よいしょ、と這い出てくる。

勝ち誇った顔で、ベッドの上に仁王立ちになった。

「スマホがない。どこいったんだろ？　ってときは、たいていここでしょ！」

「いや！　だからなにっ？　それやりたくて、ずっとスタンバってたの？」

てゆーか、まーた変なTシャツ着てる。プリントされているのは「四等賞景品」っていう文字。普通にハズレじゃん……。

　まぁでも、それはさておき、返信の内容を知りたい。

　おさげちゃんが休んでたから、帰ってすぐ「大丈夫？」ってメッセージを送っておいたんだ。

「それで、なんだって？」

「うーんとねぇー……。風邪はたいしたことないけど、今、お父さんもお母さんも仕事でいなくて、心細いって言ってるわ。ああ、可哀想(かわいそう)。病気の女子がひとりだなんて……。不安よね。心配よね。だからあんた、なんか送って安心させてあげなさいよ」

「えっと……」

　無茶ぶりぎみだけど……。ま、まぁ、弱っているおさげちゃんに、寄り添ってあげたい気持ちはある。

　でも、なんて送ればいいんだ？　普通に「辛(つら)そうだけど頑張って」とかじゃ、弱いのかな……？　もっとしっかり寄り添ったほうがいいか。

うーん……。

腕を組み、眉根を寄せた。

「……じゃあこう書こう。辛くなったらいつでも言って。俺が君を助けに行くから、って……」

「…………」

あれ？

エクストラは無言。

難しそうな顔で、右のこめかみを触っている。

「…………本当に、それでいいの？」

「いや、別に悪くないと思うけど。俺にそういってもらえたら、喜ぶんじゃない？」

「……ふーん……」

いまいち納得してない顔つき。

「……まぁいいわ。キロの速さで送ってあげる」

五分後——

「エクストラ、返信きた？」

「既読はついたけど、まだね」

「エクストラ、返信は？」

「まーだ」

三〇分後――

「エクストラっ、返信ないのおかしくない？」

「ぷぷっ……既読スルーされてやんの」

「ええええええーっ」

既読スルー？　なんでっ？　おさげちゃんが俺を？　なんでっ？

こっちは動揺してるのに、エクストラはヒヒッと笑っている。

「いやぁー、ちょーっと危なそうだなーって思ったのよ。俺が君を助けに行く、ってぇー……重すぎ？　ナル？　かなりクサいわよね。まぁ、呼ばれてもない女子会に行っちゃうだめ明だから、空気読めなくっても、しょうがないっかぁー」

「うあああーっ！　それを蒸し返さないで！」

あれは黒歴史だ……。思い返しただけでも、恥ずかしくて死にたくなる……。

エクストラが耳元に口を寄せ、こうささやいた。

「今ごろあの子、うわぁー……為明くん……イタタタタ―……って思ってるわ」

ぎぃやあああああーっ！

「エ、エクストラ！　すぐ電話して！　おさげちゃんに電話してーっ」

「言い訳するの？　まぁいいけどぉー、出てくれるかなぁー」

ぴょんっとうしろにジャンプ。

お尻で二度バウンドし、ベッドに座った。

「えーっと、西風茶子の電話番号……。あ、あった！　じゃ、かけるわね。プルルル、プルルル、プルルル、プルルル、プルルル、プルルル……。ガチャ」

通じた。

エクストラの雰囲気が、テンパった感じのおさげちゃんになる。

「為明くん！　ど、どないしたん？　じゃ、じゃなくて、メッセージありがとな。うち、昨日の夜から、こんな感じで……」

「ごめん！　いや、返信ないから大丈夫かなって心配になってさ……。体調はどう？」

「……うん、朝は熱もあったんやけど、今は落ち着いとるで。でも明日は、大事とって休む……。明後日は、学校行くで」

「そっか。たいしたことないなら、よかった……」

「うん……」

沈黙があり、俺の「あのさ」と、おさげちゃんの「ところで」がかぶってしまった。

「ごめん、茶子が話して」

「……う、うん……。えっとな……さっきのメッセージ……返信してなくて……その……」

「いいんだよ！　俺、うっかりイタいこと言っちゃって……。引いたよね？　だから忘れて……」

「ちゃうねん！　うちは、為明くんのカッコつけたセリフ好きやで！　で、でもなんちゅーか、さっきのは中途半端やったから……。ノッてええのか、普通に返せばええのか、わからんかった……」

「え？」

「やるなら、もっと突き抜けてくれんと困る！　思いっきり飛んでくれんと困る！」

大きい声を出しすぎたのか、ケホケホと咳きこんでいる。

中途半端だった？　もっと突き抜けないと困る？

意外なこたえにびっくりしたけど、たしかに、中途半端じゃ反応に困りそうだ。

「わかった。今度はもっと突き抜けるから」

「カッコええの、待っとるで」

「うん、まかせて」

ガチャ……。

元に戻ったエクストラは、困惑を隠せずにいる。

「ええ？　そっちなの？　今更だけど、あの子、かなり変わってない？　普通そっちに振れる？　逆でしょ？」

「変わってるのは、そうだと思うけど……」

俺はもう、その先を心配している。

話の流れとはいえ「今度はもっと突き抜ける」と言ってしまった。突き抜けるって、なに？　どうすればいいの……？

難しい宿題をもらった気分だ。

「どうしよう、エクストラ……。なんて、送ればいいんだろ？」

「は？　なに深刻な顔してんの？　悩むようなことじゃないでしょ。相手がドン引きするようなクサいセリフを考えて、大量に送りつければいいのよ」

「ええ？　でもそれはダメなんじゃ」

「あの子がそれを望んでるのよ。おっもしろそうじゃなーい！　だめ明（あき）、ほらほら、早く考えてー」

「……いいの？」

「いいわ」

うーん……。狙って考えると……難しいな……。

腕を組み、眉間に皺（しわ）を寄せる。

「…………よ、よし、じゃあ……。こんなのはどう？」

キザっぽく前髪をなびかせながら、

「君といっしょにいられるなんて、ウィルスに嫉妬しちゃうな！」

「うざーっ！　ウザすぎて鳥肌たったわ！　いいっ、いい感じ！」

おおっ、これでいいのか！

ハイ、とエクストラが手を上げた。

「じゃ、エクストラ」

「ふふーん、じゃ、わたしもいくわね――」

顎に指をあて、キランッと歯を輝かせる。

「パスコード？　ああ、君の誕生日だよ」

「怖っ！　でもいいと思う！」

なんか、楽しくなってきた。

「ね、じゃ、これは？」

「はい、だめ明」

「いつでも迎えにいくよ。赤い糸をつたってね」

「ひぃやあああああーっ！　切りたい！　その糸すごく切りたいわあああーっ！　ハイハイハイ！　わたしもわたしもー」

「はい、エクストラ」

「いつでも見てるよ。GPSアプリでね」

「だから怖いって！　ハイ！」

「はい」

「俺の心が愛で満タン」

「ストレージが君でいっぱい！」

「カムインエンジェル！」

「ラブインストール！」

「ラブリードルチェーッ！」

「ペアリングーッ！」

ハァ、ハァ、ハァ……。

ふたりして、変なテンションで盛り上がってしまった。

「はぁーおもしろかった。茶子(ちゃこ)もこれなら満足するでしょ。さっき言ったの、全部お見舞いしてやるわ」

文を書いているのか、エクストラの視線が左右を往復している。

「よーし、できたっ、送信！　あっ、アプリ開いてたみたい。もう既読ついた。——けど、あれ？」

難しい顔になった。

ん？　なにかあったのか……？

「……どうしたの？　向こうがいいって言ったんだから……大丈夫なんでしょ？」

「うーん、まぁ、そうなんだけどぉ……ごにょごにょ……」

語尾を濁している。なんだか怪しい……。

猜疑(さいぎ)の目を向けると、エクストラは胸の前で手を合わせた。

「ごっめーん。誤爆しちゃったー」

間。

「はああああああーっ？　誤爆？　ちょっ、誰に送ったのっ？　俺のクッソ恥ずかしいセリフ集、誰に送っちゃったのっ？　まさか扶姫（ふき）？　また扶姫に送ったの？　ダメだよ、無理だよ、もう生きていけないよ！」

「安心して。扶姫じゃないわ」

違う？

「……じゃ、じゃあ、誰に？」

「あんたのお母さん」

「…………」

「…………嘘（うそ）だよね？　お願い、エクストラ、嘘って言って……」

「あっ、返信きたわ」

こめかみに指をあて、乾いた笑みを浮かべる。

「たーくん……フフ（笑）、だってー」

「ああああああああああああああああああああー……」

最悪すぎる！　よりにもよって母さんに！　どっ、どうする？　送り先を間違えたって言っても死ぬだろ！

ハッと気づいてエクストラのほうを見ると、抜き足、差し足、忍び足……という感じで逃げようとしていた。

「おいっ、こら――」

「じゃ、じゃあわたしっ、お風呂入ってくるー」

「待ちやがれーっ」

「いやああああーっ、追いかけてこないでえええーっ」

第四章　夏の思い出は少し切なくて

渡世川には、二本の橋がかけられている。

一本は、夕日が奇麗だと歌になった渡世橋。もう一本は、三段アーチが印象的な、菜香橋。菜香橋を渡った先には、有名な高級ホテル――千年ホテルがあって、最上階だけ、夕日で赤く染まっている。

俺は菜香橋の手すりに寄りかかり、提灯で彩られた河川敷や、浴衣姿の女、涼しそうな格好の男たちを見下ろしている。

今日は、年に一度のホタル祭りだ。

足川市の真ん中でホタルと聞いたときは、どうせ養殖だろうと思ったけど、川の向こうにある最新式ゴミ処理場――足川クリーンセンターが川を浄化しているおかげで、天然のホタルも混ざっているらしい。

「……それにしても、あいつら、遅いな……」

あいつらというのは、エクストラとおさげちゃんのこと。

今は、貸衣装屋で浴衣を着ているはずだけど……。もう、かれこれ二時間も待たされている。さすがに遅すぎる……。なにかあったのかな……？

普通はこういうとき、電話をかけて確認するはず……。

でも、俺の場合はスマホと別行動してるから、それもできない。これ、スマホを持ってる意味、なくないか……？

「はぁー……」

ため息をついたとき、河川敷から、誰かが手を振っているのに気づいた。

あれは……おさげちゃん？

目を凝らし、うん、そうだ、とうなずいた。

急いで土手の石段を下りていく。

「やっぱり、茶子か」

淡いピンクの浴衣姿。牡丹（ぼたん）の花が全身に咲き乱れている。

「ごめんな、遅れてしもた……。貸衣装屋、めっちゃ混んどった……」

「いいよ……。たいして待ってなかったから……」

「そうなんや……」

……あれ？

虫でもついてるのか、片手を持ち上げたり、髪を撫でてみたり、無意味な動きをしながら、俺のほうをチラチラ見ている。

不思議に思っていたら、焦れたように、こう言ってきた。

「……為明くん、浴衣見とると……心ユカタにならへん？」

「え？　そ、そりゃ……豊かな気持ちには……なるけど……」

「……ほなら、口に出しても……ええんやない……？」

あっ……。

やっとわかった……。おさげちゃんは、浴衣を褒めてもらいたいんだ……。で、でも……どうしよう……？　すごく可愛いと思うけど……。そのまま言ったんじゃ、芸がないよね……？

「……い、いいと思うよ！　子猫が折り紙着てるみたい！」

「へ……？」

おさげちゃんがポカンと口を開けた。

「ど、どういう意味や……？　ぜんぜんわからへん……」

「いや！　すごく可愛いっていう意味で――」

「ほなら、そう言えばええのに……」

どうやら、素直に言うのが正解だったみたいだ……。ま、まぁいい……。失敗は、次に活かせばいいだけだ……。

俺は視線を横にずらし、「へぇー……」と顎に指をあてた。

妙に裾が短く、まるで遊女のような浴衣。怪しげな狐のお面をつけている。

あきらかに男の視線を意識したつくりで、正直かなりそそられるけど、エクストラがこんなセクシーな浴衣を着るなんて、いったい、どういう風の吹き回しだろう？

今日いっしょにまわる男は俺だけ……。ってことは、もしかしてこいつ、俺を意識してる……？

そう思ったら、心がうきうきしてきた。

胸の谷間を指さして、素直な気持ちでからかってみる。

「おまえ、どうしてセクシー系の浴衣なんだよー？　もしかして、誘ってたり？」

刹那、ビシィッと頬を叩かれた。

……え？

反発は覚悟してたけど、叩かれるのは想定外だ。エクストラは、手よりも先に口を出す女……。なのに、いきなり平手が飛んできた。

疑問が浮かび、もう一度、観察してみる。

そして、みずからの行いに恐怖した。

……お、おい……ちょっと待てよ……。暗くてよく見えなかったけど、こいつ、髪が金で背も高いぞ……。まさか……。

謎の女がお面を外すと、扶姫のしかめっ面が出てきた。

「いやあああああーっ、ごめんなさい！　人違いでしたあああーっ」

最悪だっ！　よりにもよって、おっかない不良ギャルをからかっちまった！

「あっ」

おさげちゃんが、慌てた顔になった。

「そっか、為明くんに言っとらんかったね……。扶姫ちゃんも誘っとったんよ。ずっと返信なかったから、こないのかと思ってたんやけど……二時間前にくるって連絡きてな……」

そういうことか……。いや、今思えば、十分予想できたことだ。

スマホゲーム仲間として、最近、おさげちゃんと扶姫は仲良くなった。昼ごはんも、ふたりでいっしょに食べている。

四人じゃないのは、たぶん、俺と扶姫が打ち解けてないからだ。

おさげちゃんはそれをどうにかしたいはずだと、エクストラが言っていた。この機会に、俺と扶姫を仲良くさせようと、呼んだのかもしれない。

「そうだったんだ……。じゃ、エクストラは？」

「え？　おらん？」

うしろを振り返り、「あれ？　さっきまでいっしょにおったのに……」と言いながら、扶姫といっしょにキョロキョロしている。

「あそこ」

扶姫が指差した。

「ほんまや」

「え？　どこ？」

俺はまだ見つけられず、視線を漂わせている。

「こっちやで」

おさげちゃんについて人混みをかきわけていき、ようやく見覚えのある紫髪を見つけた。

水槽の前でしゃがみ、泳ぐ金魚を眺めている。

おさげちゃんが声をかけると、「あー、ごめんごめん」と言いながら立ち上がった。

おおおー……。

夜空のような蒼（あお）い生地に、星屑（ほしくず）と月下美人が描かれている。エクストラの雰囲気とマッチしていて、すごく奇麗だ。

　ああ、胸が高鳴る……。見慣れている顔なのに、ドキドキがとまらない……。よーし、今度こそ、ちゃんと褒めて男を上げるぞ！

「……えっと、その、エクストラ……すごく似合ってるよ。その、浴衣……奇麗だと思う……」

　すると、頬を染めてアワアワしはじめ、「べっ、別に、あんたのために着たわけじゃないんだからね！」と言ってくる――というのを期待した俺は、馬鹿だった……。

現実のエクストラは、興味なしという表情。

「だめ明！　それよりわたしはこれを着たいわ！」

扶姫のほうを指さしている。

「…………え？」

　俺は困惑顔で頭を掻いた。

「……おまえ、こういう趣味だったっけ……？　俺はいいけど……。今のほうが似合うような……。そもそも自分で選んだんだろ？」

「そっちじゃなくて、こっち」

「ん？　えええー？」

指の先にあったのは、スマホショルダーだった。光沢のある赤色で、蝶（ちょう）のイラストが入っている。

「いや！　着たいってどういうこと？　スマホショルダーに入りたいってこと？　サイズ的に、どー見ても無理だと思うよ？」

「ダイエットするわ」

「そういうレベルっ？」

件（くだん）のスマホショルダーは、どう大きく見積もっても、長さ二〇センチ、厚さ三センチがいいとこ。服をワンサイズ落とすノリで言われても、無理だろ！

やっぱり、こいつと話してると頭がおかしくなりそうだ。

俺は肩を落とし、「はぁー……」とため息をついた。

三人の顔を順に見ながら、

「――まぁそれはそれとして……。どうする？　まだ夜になってないし、ホタルは早いよね？　それまで屋台で遊ぶ？」

「はいはいはーい！」

エクストラが手を上げた。

「わたし、金魚をすくいたーい！」

「いや、金魚は飼えないからさ……。他のにしろよ……」

「むぅ……。じゃ、風船釣るやつは？」

風船釣るやつ？

「ああ、ヨーヨー釣りか！　あれならいいんじゃないか。茶子(ちゃこ)と芹山(せりやま)さんは？」

「うちは賛成やで」

「……あたしは別に……好きにすれば？」

「わーい、決まりぃ！」

ヨーヨー釣りなら、俺も昔やったことがある。「ボンボン」と呼ばれる色とりどりの水風船を、水から釣り上げるゲームだ。

釣り針を、ボンボンの輪ゴムに引っかけるだけだけど、釣り糸は紙だから、水に濡(ぬ)れると切れてしまう。ボンボンの重さもあって意外に難しい。エクストラは「あんなアナログゲーム余裕よ」って言ってるけど、本当かな……？

一〇分後、俺たちは土手の上にある、ヨーヨー釣りの屋台にいた。

専用の針をもらった女子三人は、大きな水槽の前にしゃがみ、ゆっくり流れるボンボンを眺めている。

「わー、可愛い風船いっぱいやねー」

「こんな紙の紐じゃ……釣れるわけない」

「余裕でしょ！　問題はどれを釣るかよ。ねぇ、だめ明ぃー、どれにする？　どの風船取るー？」

「そうだなぁー……」

三人のうしろに立ち、上から覗きこむ。

そして、ごくり、と生唾をのんだ。

エクストラが指を伸ばした。

「あっ、ほら――」

「あの緑の風船、奇麗じゃない？　あっちのオレンジも捨てがたいけど、あっ、アニメのキャラっぽいのもあるー。うーん……迷っちゃう……。だめ明はどれがいいと思う？」

緑もいいし、オレンジもいい、アニメキャラもいいと思う。

でも俺の両目は、扶姫の浴衣の襟元から覗く、ふたつの風船に釘付けになっている。

くぅうー……このアングルっ、最高すぎだろ！　てか、この不良ギャル、デカいな！

しっかり胸元を閉じているエクストラや、限りなく平原に近いおさげちゃんと違い、扶姫は胸も大きく、なおかつ胸元を開けている。

見ていたら、鼻の上部が熱くなってきた。

「……あれ？　だめ明？」

「……あっ、ごめん……。えっと……俺は肌色のやつが……」

「え？　どれどれ？」

しまったーっ！

「ごめんごめん、間違った！　そうじゃなくて……えっと……緑がいいと思う。ほら、そこを流れてるやつ」

「あー、これね。うん、わたしもそう思ってたのー。よーし……」

袖をまくって、気合を入れる。

「いくわ！　ハアッ」

一発で取りやがった……。なにこいつ、天才なの……？　スマホだから？　いや、スマホ関係ないか……。

おさげちゃんと扶姫も「器用やねぇー」「すご……」と感心している。

エクストラはすっかり気をよくしたようだ。

「よーし、もう一個取るわ。だめ明、これ、持ってて」

「お、おう……」

「今度はオレンジのね……。ハァーッ」

すげぇ！

さすがに三つは無理だったけど、初めての挑戦でふたつをゲットし、今は、腰の帯に吊るしている。

ちなみに、おさげちゃんと扶姫もひとつずつゲットした。

「ねぇねぇ、このボンボンって見て楽しむだけ？　遊べるのー？」

「えっとぉ……。ヨーヨーっていうくらいやから、輪ゴムに指を入れて下に叩いて遊ぶんとちゃうかな……？　そうやって遊んでる子、見たことあるで。エクストラちゃん、やってみたら？」

「そうね」

言いながら、ボンボンの輪ゴムに指を入れる。

ふたつ同時に「ボンボンッ、ボンボンッ、ボンボンッ……」と言いながら、楽しそうに叩きはじめた。

うおおおおおおーっ！

すごい！　無駄に上半身を動かしてるから、胸についてるボンボンも、ゆっさゆっさと揺れてる。

いいぞ……。これはいい……。ハァ、ハァ、ハァ……すごい揺れだ！　よだれが出てくる。もっと、もっと揺らして——ハッ！

刺すような視線を感じ、正気に戻った。

扶姫が疑わしい目で、俺を見つめている。

あの目……まさか、胸を見てたことがバレた……？　いや、ま、まさか……大丈夫だよね……？　バレてないよね？

扶姫が胸元を隠し、一歩下がった。

バレてるーっ！

「かっ、勘違いだよ！　考えてない、考えてないっ、胸が揺れてるとか、ボンボンみたいとか、そんなこと、ぜーんぜん考えてないから！」

「はあああああー？　胸やて！」

「あっ……」

急いで口を押さえた。

な、な、なんてことだ……。俺としたことが、慌てすぎて致命的な失言をしてしまった……。聞き流して欲しいけど……。無理だよね？　なかったことにできないよね……？

おさげちゃんがものすごい勢いで寄ってきて、下から俺を指さしてくる。

「為明くん！　バストとベストは一字違いで別物なんやで！　女の価値は胸やない！　可

愛い顔とか、優しい性格とか、癖になる方言とか、いろいろあるんやで！　むしろ、そっちのほうが胸より大事や！　わかっとるよねっ？　あと、うちはまだ成長過程や！　おかんもそれなりの大きさやし、ちゃんと牛乳も飲んどるから、これからもっと大きくなるんやで！　わかっとるよねっ？」

ちょっ、なにこの反応？　非難されると思ったのに、そうじゃないの？　てゆーか、おさげちゃんのお母さんなんて会ったことないし、どうこたえたらいいか、わからないんだけど。

「……あ、うん……。わかってるよ……」

「ほんまにわかったんか？　ほなら、ちゃんと説明せや」

「ええっ？」

誤魔化しは許さん、という鉄の意志を感じる。

どうしよう……こんな厳しいおさげちゃん、初めてだ……。

無理に説明するとか、謝ってしまうとか、いろいろ選択肢はあったけど、俺が選んだのは、保留にして逃げる、だった。

「あとでちゃんと説明するから！　ほら、もう暗くなったしさ、ホタルを見に行こう。早く行かないと混んじゃうよ！」

言うが早いか、早足でその場を離れていく。

「あっ、待ちゃやーっ」

おさげちゃんが叫んだけど、待ったところで、いいことなんてない。

俺は走って逃げていった。

◆

渡世川（わたせがわ）のホタルは、河川敷（かせんじき）の草むらで見ることができる。

そこは照明も少なく、それ以上進めないよう柵が設けられている。

草の上を飛びまわる姿は、この世のものとは思えぬ、幻想的な光景だ。

「あっ、こっちにきたで」

光の群れが、俺たちの頭上に飛んできた。

おさげちゃんはつかもうと手を伸ばし、扶姫（ふき）は逆に手で払う。

「ええー？　なんで払うん？」

「だって虫じゃん……」

「虫とか言わんでーっ！　てか、払わんで！　その高さで払われると、うちの背じゃ届か

「あたし、虫は嫌い……」

「ええーっ？」

ムードもへったくれもない会話だけど、仲の良さは伝わってくる。

対照的なふたりなのに、スマホゲームだけでこんなに仲良くなるなんて驚きだ。それとも、もともと波長が合うのか？

ちなみに俺のスマホは、珍しく神妙な顔つきでホタルを眺めている。

わーいホタルだー、とか、一匹残らず撃ち落としてやるわ、とか、とにかく騒ぐと思ってたのに、こんなに静かだと、どこか悪いんじゃないかと心配になる。

どうしたんだろ……？　あ、もしかして――

「……エクストラ、実はトイレ我慢してる？　それなら舞台の横にあったよ」

「だめ明ーっ」

信じられないっ、という気持ちを顔全体で表現した。

「女の子に対してデリカシーないのっ？　そもそも、トイレじゃないんだけど！」

「ご、ごめん……。そんなに怒るなよ……。悪気はなかったんだから……」

「はぁー、まったく、あんたって男は――」

片手で頭を抱え、ため息をついた。

「わたしは、ちょっと考えてただけよ……」

「……考えてたって？　なにを？」

「昔の人は、ホタルを亡くなった人の化身だと信じてたらしいわ。死んだらホタルになって、川を渡っていくんだって。ぜんぜん信じてなかったけど、こうして見てると、そうなのかもなー、って思えてこない？」

「え？　ああ……まぁ、そうだね……」

言いたいことは、なんとなくわかる。

暗闇の中を飛びまわり、語りかけるように点滅する光には、なにか、特別な意味があるように思える。

この独特の雰囲気が、そう思わせるのだと思う。

「ねぇ、だめ明――」

「ん？」

「スマホのわたしも……いつかホタルになって、川を渡っていくのかな……？　スマホのわたしも……天国に行ったり、地獄に行ったりするのかな……？」

風が吹き、ザワザワザワ……と草のこすれる音が響いた。

エクストラの眼差し（まなざし）に笑い飛ばせないなにかを感じ、俺は口をつぐんでいる。一見すると、気分屋で自己中で、ノーテンキなだけに見えるけど、実はいろいろ考えてる奴（やつ）だ。でもまさか、死生観の話題を振られるなんて、思ってなかった。

迷ったすえ「さぁー」と、肩をすくめた。

「そんなの誰にもわからないよ。てゆーか、『スマホのわたし』ってなんだよ？　おまえ、どっからどう見ても人間だろ？」

「……わたしは誰もが羨むハイエンドスマホよ。そうじゃなかったら、何者なのかわからなくなるでしょ……」

「ふーん、そういうもんかな……」

「そういうもんよ」

間。

お互い無言で、ホタルを眺めている。

いっしょに住みはじめて二ヵ月くらいになるけど、こういう雰囲気は初めてだ。

たいていエクストラがしゃべってるし、会話がないときは、眠いか、怒ってるか、他のことをやってるか……。しんみりした空気には、ならなかった。

「あら、日比谷（ひびや）くんではないですか？」

この声——

まさかと思って振り返ったら……本当に千元さん！

上品かつ華やかな、錦鯉の浴衣を着ている。

千元さんの浴衣姿を見られるなんて、俺はツイてる。と反射的に思ったけど、すぐに不安が鎌首をもたげてきた。

……いったい、誰ときたんだ？　ひとりってことはないよな？　付き合ってる話は聞いてないけど、聞いてないだけかもしれない。むしろ、いないほうがおかしい。

千元さんは、品のある動きで歩いてくると、俺たち四人を見渡して、にこっと微笑んだ。

「エクストラさんに、西風さん、芹山さんもいっしょですね。こんなところで会えるなんて、思っていませんでした」

俺も思っていませんでした……。会えたらいいな、くらいは思ってたけど……。

おさげちゃんは人見知りモードが発動しているらしく、肩をすぼめている。

「……せ、千元さんも……きてたんやね……？」

「はい。ところでみなさん、素敵な浴衣を着ていますね？　とてもよくお似合いです」

「でしょー？」

胸を張ったのはエクストラ。「あんたの鮭も悪くないわ」と、上から目線で褒め返した。

まぁ普通に見れば鮭じゃないってわかるけど、たぶんエクストラは、よく見ないで言っている。千元さんもわかっていて、鯉です、などと指摘せず、くすくす笑っている。

が、おさげちゃんの頭の中では、どう見ても鯉↓これはボケ↓早く誰かがツッコまんと↓ピコーン！　という変な回路が働いたらしい。

「こっ、これはホンにゃに、おいしそうな鮭！　って、んなわけありゅかーい！」

「…………」

「…………」

「…………」

おさげちゃんは凍りつき、「あああああああああーっ！」という断末魔の叫びとともに崩れていった。

間が悪いし、ノリツッコミだし、二度も噛んだけど、俺はこれも才能じゃないかと思いはじめている。鉄壁だと有名な、千元さんの笑顔を引きつらせるなんて、逆にすごい。

「弓子さん。なんです、その表情は？　ご友人に失礼ですよ」

ん？

大人の女性の声が聞こえ、そちらを見ると、少し離れたところに、豪華な着物を着た四

○くらいの女性が立っていた。

千元さんは、しまったという顔になる。

「す、すみません……。お母さま……」

「弓子さんにはもうちょっとお上品にふるまってもらわないと。まだまだお勉強がたりませんわね。さ、次の予定もあるのですから、もう行きますよ」

「……はい……」

お母さま？

どうやら、彼氏じゃなく、お母さんときていたらしい。

叱られた千元さんには悪いけど、俺はちょっと安堵（あんど）している。イケメンの彼氏なんか出てきたら、鬱になるところだった。

「……せっかく会えたのに残念ですが、わたくしはこれで失礼します。では、お祭りを楽しんでくださいね」

「バイバーイ」

手を振っているのは、エクストラだけ。

おさげちゃんは死んでるし、扶姫はというと、上げた手をうしろに流し、誤魔化すように、後頭部の髪をいじっている。

見方によっては、恥ずかしがってるふうにも見えるけど、真相はわからない。

「日比谷くんも、また学校で」

「あ、うん！」

やった。わざわざ声をかけてもらえた。

せっかくお祭りで会えたんだから、いっしょにまわれたら最高だけど、家の事情があるみたいだし、屋台で遊ぶイメージもない。

浴衣姿を見られただけで、今日は満足しよう。


千元さんと別れたあとは、四人で屋台めぐりをした。

前から不思議に思ってたんだけど、屋台の食べ物は、どうして魅力的に見えるんだろう……？　たこ焼き、焼きそば、じゃがバター、イカ焼き、クレープ……もうそれだけで十分なのに、ワタアメまで買ってしまった。

今は、外に設置されたテーブル席にいる。

エクストラはいない。

あいつは、のどが渇いたと言って、ジュースを買いに行った。

扶姫とおさげちゃんは、ひとつのワタアメを分け合いながら、「なにこれ、砂糖じゃん……。クリーミーかと思ってたのに……」「ワタアメって砂糖やで」などと話している。

俺はふたりの会話を聞きながら、平和を噛みしめている。

扶姫（ふき）とはいまだに気まずいし、恋人もできないし、エクストラには馬鹿にされるし、理想的とは言えないけど、悪くはない。

こんな時間が、ずっと続いて欲しいと思う。もともと俺は、平均くらいで満足な男だ。

「だめ明ー、ちょっと見なさいよー」

トロピカルジュースを片手に、エクストラが戻ってきた。

「これ、おいしそうじゃない？　生パイナップルつかってるんだってー」

たしかにおいしそう。

でも、俺が注目しているのは、ジュースよりストローのほうだ。

あれって……いわゆるカップルストローだよね……？

ハート形に曲げられた二本のストローがささっている。普通のストローだって選べたはずなのに、あれを選んだっていうことは……。もしかして……俺とイチャイチャしたいのか？

「う、うん、すごくおいしそう！　俺も……飲んでみたいなぁー」

するとエクストラは「べっ、別に……あんたと飲みたくて、買ってきたんじゃないんだからね！　で……でも……ひと口くらいなら」と、伏し目がちにこたえる——なんて期待した俺は、やっぱり馬鹿だった……。

現実のエクストラは、「飲みたきゃ自分で買ってきなさいよ」と、冷ややかにこたえ、ストローを二本くわえて、チューッとおいしそうに飲みはじめた。

そのとき——

まるで、木の芽が日照りで枯れるみたいに、エクストラのアホ毛がへにゃっと倒れた。

マズいことでもあったのか、みるみる青ざめ、ジュースを地面に落としたことにも気づいていない。紫の髪を両手で持ち上げたり、背伸びしたり、くるくる回ったり、椅子にのったり、奇行を繰り返している。

「……え？　なに？　どうしたの？」

「なんでもないわ！　なんでもないからっ、わたしのことは気にしないで！」

いや、とてもそうは見えないけど……。

ふと、周囲がザワザワしていることに気づいた。「スマホ」「ネット」「壊れた」なんていう単語が耳に届いている。

「あ、速報出てるよ！」

叫んだのは、大学生っぽいグループの女性。

「ＭＪＣが大規模通信障害だって。やったぁー、ＥＥのあたし、勝ち組ぃー。ＥＥ信じてよかったぁー」

「はぁー？　通信障害？」

「おいおい、マジかよ……俺、現金持ってねーぞ……。電車も乗れねーじゃん。ミカ、兄貴に連絡するからスマホ貸してくれ」

ガタガタ震えているエクストラの横で、おさげちゃんと扶姫のふたりは、自分のスマホを確認している。

「……あたしの、普通につながってる……」

「扶姫ちゃん、キャリアなに使っとるん？」

「ＥＥモバイル」

「ほなら、やっぱりＭＪＣだけなんやね。うち、マクスウェルやからつながっとるで」

なるほど、ＭＪＣで通信障害か。

モバイル回線がダメになって、電話やネットが使えなくなったみたいだ。

俺はＭＪＣだけど、焦ってはいない。

スマホがエクストラになってから、現金を持ち歩いている。ちょっとした買い物くらいは問題ないし、ふたりのスマホはつながっている。欲しい情報は、ふたりからもらえばいいだけだ。

「悪いけどさ……。俺、ＭＪＣなんだよね。ＭＪＣから発表出てる？　原因とか、いつ復旧するとか、調べてくれない？」

「為明くん、やっぱりＭＪＣやったんやねー」

「しょうがねぇな……」

「ちょ、ちょっと待ちなさいよおーっ！」

割りこんできたのはエクストラ。

必死な形相で、テーブルをバンバン叩く。

「なんでふたりのスマホをあてにするのっ？　あんたのスマホはこのわたし！　わたしだけでしょっ？」

は？

「……いや、だって……ＭＪＣが落ちたんだから、おまえに聞いても意味ないだろ？」

「馬鹿にしないで！　わたしはハイエンドスマホよ！　通信障害が起こったって問題なく使えるわ！」

「……え？　本当に？」

いくらハイエンドスマホでも、電波がなければ、使えないのが道理。

にわかには信じられないけど、人造人間スマホの特殊機能でもあるのか……？

「……じゃ、じゃあ……ＭＪＣの発表出てるか、調べてくれる？」

「まかせなさいっ」

……やっぱり変だ。

いつものエクストラなら、ネットで検索するとき、両手の人さし指をくるくるさせながら、アホみたいな顔で、みょーんみょーんみょーん……と繰り返すはず。

なのに今は、口を「へ」の字にしてうなっている。

ひたいには、不自然な汗。

本当に、検索してるのか……？

「わ、わかったわ！　発表によると、通信障害の原因は……野生動物！　そう、通りすがりのカンガルーが通信ケーブルを噛み切ったのよ！　カンガルーは捕まえたから、もうすぐ復旧するらしいわっ」

「どこのオーストラリアだよっ？　絶対嘘だよね！」

俺の知るかぎり、日本に野生のカンガルーはいない。たぶん、検索できないからって、てきとーなことを言ったんだ。

「はぁー……。嘘つくなら、もっとマシな嘘をつけよな……」

「そ、そんな……」

エクストラはショックを受けた顔になり、ふらふら後退していく。

「……だめ明……わたしを疑ってるの？　わたしを信じられないの……？　わたしはみんなが羨む――」

「ハイエンドスマホだろ？　はいはい、もうわかったからさ……。ちょっと静かにしててくれない？　電波がなくなったら、ハイエンドスマホも格安スマホも、回収されるゴミスマホも、変わらないんだよ」

「そんな言いかた――」

「事実だろ？」

「うっ……」

どうやら反論できないみたいだ。

エクストラは無言で椅子に腰を下ろし、しょぼんと肩を落とした。

ゴミスマホと比べたのは言いすぎだったかもしれないけど、たまにはこれくらい、許されると思う。なにはともあれ、これで情報収集できるな。

ふたりのほうに向きなおった。

「――それで？　ＭＪＣから発表出てる？」

「さっき出てたで。状況確認中。原因不明やって」

「……ＭＪＣ、ダメじゃん……」

呆れ顔の扶姫の手中には、新品のカバーに入った大きめのスマホ。

前にファミレスで見たのと、少し違う……。新しくした？　そういえば、今日はスマホショルダー持ってたな……。スマホを新しくしたから、いっしょに買ったのか。

「……芹山さん、スマホ変えたよね？」

おさげちゃんも気づき、「ほんまやー」と目を輝かせた。

「それ、ゲーミングスマホやろ？　高かったんやない？」

「……別に。メリカルで買った中古だし……」

「中古？　ぜんぜん中古に見えないよ。いいなぁー、俺もゲーミングスマホで思いっきり格ゲーをやってみ――」

ガタンッという音。

口をつぐんで目を向けると、パイプ椅子が倒れていた。

俺がたじろいだのは、エクストラが猛獣みたいな瞳で睨んでいたから。

「ど、どうしたんだよ……？　そんな、怖い顔して……」

「………」

「………」

沈黙のあと、エクストラはくるっと背を向けた。

蚊の鳴くような小さな声で、

「……わたし、ホタルを見に行く」

「……ああ、うん……」

あれ？

いったいどうしたのか、ホタルを見るなら川辺に行かなきゃいけないのに、エクストラは土手のほうに行ってしまう。完全に逆方向だ。

「おいおい、どこ行く気だよー？　そっちは逆だろ。ホタルを見るなら、あっちだよ」

「………」

エクストラはなにもこたえない。

無言で反転し、闇の中に消えていった。

◆

違和感を覚えたのは、障害発生から、三〇分になろうというころだった。

「あれ？　そういえば……エクストラは……？」

いない……。

たぶん、ホタルを見に行ったきり、一度も戻ってきていない。

「……うちもさっきから、気になってたで……。どうしたんやろ……？」

「はぁー、なにやってるんだよ……。夢中になるのはいいけど限度があるだろ……」

まだ、ホタルの場所にいるんだろうけど、戻ってこないと呼びに行かなきゃならない。

通信障害だから、電話もかけられないし……。

バッグを肩にかけ、よいしょ、と立ち上がった。

「俺、呼んでくるよ」

「……もしかして、金魚すくいの店やない……？　金魚に興味津々やったで」

「そうだね……。うん、ホタルの場所にいなかったら、金魚すくい屋を見てみる」

早足で歩きながら、まったくあいつ、手間かけさせやがって、と思っていた。でもそれは最初だけで、ホタルの場所で見つからず、金魚すくい屋でも見つからず、屋台の通りにいないとわかると、だんだん不安になってきた。

なんでいないんだ……？　どこ行った……？　もしかして「ホタルを見に行く」ってい

う言葉が、聞き間違いだったのか……?

祭り会場の端にある柳の下で、記憶をたどってみる。

……いや、たしかにエクストラは「ホタルを見に行く」と言った。それ以外の言葉には、断じて聞こえなかった。

ただ、声に覇気はなく、思い詰めているような印象だった。

勢いとはいえ、俺が「ゴミスマホ」なんて言ったからか……? まさか、それにショックを受けて、いなくなったなんてこと――

「ないないない!」

悪いものを払うように首を振った。

乾いた声で、ハハハッと笑う。

「あいつはそんなに弱くないよ。気分屋だし、そのへん散歩してるだけだろ……」

怪しい風が吹き抜けたのは、そのときだった。

頭上の柳が揺れ、ずざざざー……と不気味な音を奏(かな)でている。

なにかに嘲笑(あざわら)われている気がして、俺は身震いした。

「……きっと、迷子になってるだけだ……。そういえば、ホタルを見に行こうとして、ぜんぜん違うほうに行きかけたよな……。通信障害でああなったのかも」

電波がなければ、地図をリアルタイムにダウンロードできなくなる。もしエクストラがマップアプリに頼っていたなら、あんな感じになるかもしれない。

そういえば、屋台めぐりをしていたとき、迷子センターっていうテントを見た。場所は祭り会場の真ん中あたり。迷子になったのなら、あそこにいるんじゃないか……？

俺は方向転換して、賑（にぎ）やかなほうに足を進めた。

「……くそっ、本当に……どこに行ったんだ……？」

一五分後、俺は不安を腹に抱えながら、元の場所に向かって歩いていた。

迷子センターにはいかなった。

屋台の通りをもう一度見たけど、やっぱりいなかった。

トイレを待つ列にもいなかった。

もう、元の場所に戻っていることを願うしかない。

遊具の横を通ると、近くで顔を突き合わせているおさげちゃんと扶姫（ふき）の姿が視界に入った。

おさげちゃんが先に気づき、「あっ、為明くんっ」と手を上げる。

「……エクストラちゃん……いっしょやないんやね……？」

「ああ、うん……。ホタルのところにも、金魚すくい屋にも、他の店にもいなかった。迷子センターも見たけど、そこにもいなかった……。あいつ、ここに戻ってきてない？」

「……きてないで。あの……為明くんに、聞きたいことがあるんやけど……」

「聞きたいこと？」

「とにかく座ってや」

聞きたいなら早く聞けばいいのに、変にもったいぶった物言いだ。

疑問に思いながら椅子に座った。

「——それで？　聞きたいことって？」

「為明くん、四〇分くらい前、ＳＮＳでつぶやいた？」

「……ＳＮＳ？」

「スイッターのアカウント、もっとるやろ？」

「ああ、もってるよ。ぜんぜん使ってないけど……。なんで、そんなこと……？」

「うち、為明くんのアカウント、フォローしとったんやけどな。さっき見たら、四〇分くらい前にスイートがあったんよ。為明くんやないんよね？」

「……それって——」

エクストラだ。

俺のアカウントでつぶやけるのは、あいつしかいない。というか、あいつが俺のアカウントで、ケーキの写真を公開したり、ドラマの感想を書いたり、勝手になにかをやっていたのは知っている。

でも、ちょっと待てよ――

「今、通信障害だからSNSは使えないよね……？　いったい、どうやって……」

「うち、よくわからんけど……四〇分くらい前に、ちょっとだけつながったらしいで。MJCの説明だと、機械の故障でデータの渋滞が起こっとって、一部でつながったり、つながらんかったりしとるとか……」

「そっか……一度つながったんだ……」

そのあいだに、俺のアカウントでつぶやかれたなら、エクストラと考えて間違いない。

「……それで、内容は……？　よくないつぶやきなの？」

「スイート自体は、普通やと思うで」

恐る恐る一読し、背筋が凍った。

ホタルになりたい。

「あれ？　為明くん……どうしたん？　顔色が悪いで……」

「そ、そりゃ……悪くもなるよ……」

エクストラは言っていた。死んだらホタルになって川を渡っていく、と。

ホタルは……死の暗喩なんだ。

「……お、俺のせいだ……。俺が……エクストラを傷つけたから……。ど、どうしよう……？　大変なことになった……」

「……エクストラちゃんの様子がおかしいって、うちも気づいとったけど、そんな大変な状況なんか……？」

「もう、永遠に会えなくなるかも……」

「ええっ？」

詳しく説明してあげたいけど、今はそうしている暇がない。一刻も早く、エクストラを探さないと。

でも、いったいどうやって探せばいいんだ……？

前にスマホをなくしたときは、ＧＰＳの追跡サービスを使った。

エクストラにも、同じ機能があるかもしれない。

バッグをテーブルに置き、ファスナーを開けた。

取り出したのは、分厚い取扱説明書。

エクストラが持ち歩けって言ったからそうしていたけど、まさか本当に、使う日がこようとは……。

「……為明くん、それ……なに？　辞書か？」

「エクストラの取説だよ。使える機能があるかもしれないから……」

目次からそれっぽい項目を探し、ひとつひとつ確認していく。

ざっと読んだ感じだと、今すぐ使える機能はなさそう……。

でも、あきらめるのは早い。

この取説には、黒塗り箇所がたくさんある。どういう意図で隠されているのか知らないけど、この下に、特別な機能があるのかもしれない。

それをたしかめるには、「困ったときはこちらへ」という、カスタマーサポートに電話をするのがよさそうだ。

おさげちゃんからスマホを借りて、カスタマーサポートにかけてみる。

《――はいはい、こちら、人造人間スマホ研究部でーす》

電話口から聞こえてきたのは、ずぼらな感じの女性の声。

コーヒーでも飲んでいるのか、声の合間に、液体をすする音が聞こえている。

人造人間スマホ研究部って言ったし、口調からしても、訓練されたカスタマーサポートとは思えない。研究所に直接つながったみたいだ。

「あの、人造人間スマホのことで聞きたいことがあって、電話したんですけど……」

《はいはい、わかってますよー。で、機種は？》

「πPhone（パイフォン）エクストラです」

《シリアル番号は？》

「えっ、シリアル番号？」

保証書に載ってた気もするけど、あいにく、今は持ってない。

どうしよう……？　シリアル番号がないとダメなのか……？　普通は、契約者の電話番号でわかるはずだけど……。

黙っていたら、ふざけた口調でこう言ってきた。

《シリアル番号は、シリにアルに決まってるじゃなーい。あれ？　もしかして……知らなかった？　もっと仲良くならないといけないわねー》

「え？　あの――」

《あーごめんごめん、わからないなら、機種の特徴を教えてー。年齢とかぁー、外見とか

ぁー、口癖とかぁー》

「あっ、はい……。それなら……。年齢は一六歳。髪は紫色のツインテール。ギガの速さでー、とかよく言ってる美少女で――」

《英子ー、あんたに電話よー》

え？　今の情報でわかったの……？

しばらくすると電話の向こうから、「誰よ、こんな時間に」「ふふ、若い男」「はあ？」みたいな会話が聞こえてきた。

小鳥のような甲高い声で、

《はーい、Cチーム主任の州堂英子です。どちらさま？》

「……あの、俺……日比谷為明といいます。人造人間スマホオーナーの――」

《ああ、なんだ君かぁー》

二オクターブ下がった声を聞き、すぐにわかった。

スポーツカーに乗っていた、あのボインだ。

薄々気づいてはいたけど、やっぱり、エクストラの開発者だったらしい。

《麻衣美の奴……若い男とか期待させて……。そりゃまぁ、若い男ではあるけどさぁー、若すぎるっての……。あー、ごめんごめん。それで？　どうしたの？　電話もネットもで

きないって話なら私に言ってもしょうがないわ。今、通信障害が起こってるから、設備部は大騒ぎよ》

「いや、それとは違うんです……。エクストラが……いなくなっちゃって——」

《……いなくなった？　どういうこと？》

「えっとですね……」

それから俺は、通信障害が発生し、言い合いになり、エクストラがいなくなった経緯をひととおり説明した。

終わると、州堂さんはこう聞いてきた。

《——それで？　私にどうして欲しいの？》

「どこにいるのか教えて欲しいんです。人造人間スマホなら、きっと特別なチート機能がありますよね？　位置くらい、簡単にわかりますよね？」

《残念だけど……。もし、あの子があの子の意思で姿を消したのなら、私にできることなんてないわ》

絶望感に襲われた。

便利なチート機能があると期待してたのに、なにもないなんて……。

通信障害さえ復旧すれば、なにか打てる手はあるかもしれないけど、そのころには、バッテリーが切れているはず……。くそっ、うまく噛み合わない。

「じゃ、じゃあせめて……あいつがどこに行ったか、思い当たる場所を教えてください」

《それは君が考えることよ》

「……え？　俺……ですか……？」

《そう、君が一番いっしょにいるんだもん。チート機能とか、人の知識に甘えてないで、真剣にあの子について考えなさい。そもそも、君が招いたことなんでしょ？》

「………」

厳しい言いかただけど、そのとおりだ。

俺のせいでこうなった。なんとしても、俺がエクストラを見つけないと。

「わかりました。考えてみます」

電話を切り、腕を組んだ。

おさげちゃんは、ごちゃごちゃ質問しようとしないで、無言で見つめている。

俺はテーブルに両肘をつき、髪をぐしゃぐしゃに掻き回す。

恐ろしいことに、ここは河川敷だ……。自暴自棄になったエクストラが、この世とさよならしようとするなら、川に入っていくかもしれない。

吐き気がするほど嫌なのに、どうしても考えてしまう。紫髪の美少女が、涙を落としながら川に入っていく――そんな光景を。

うなだれていたら「為明……」と、扶姫が声をかけてきた。

「エクストラが、スイートされてる……」

「え？　スイート？」

勢いよく身を起こした。

「……また、エクストラがつぶやいたってこと？」

「ううん……。ホタル祭りのハッシュタグ……調べた。そしたら、こんな画像が出た」

印籠のように、スマホの画面を見せてきた。

すごい美少女発見、というコメントとともに投稿された画像には、裾をたくし上げ、川に入っていく少女のうしろ姿が映っていた。

見覚えのある紫髪、完璧なスタイル、蒼い生地の浴衣……こんなのもう、エクストラ以外ありえない。

まわりには、紐で岸とつながった提灯船がいくつも浮いている。たぶんこれは……上流でやっているライトアップイベントだ……。

横から覗きこんだおさげちゃんは、「よかったやん、見つかって」と喜んでるけど、俺は逆に、ゾッとしている。

思い浮かべた光景と、ほとんど同じ……。遊んでいるとは思えない。これは……川に入ろうとしてるんじゃないか……？

「こ、この場所って……上流にあるライトアップイベントの会場だよね……？」

「……あ、うん。そうやと思——え？　為明くんっ」

もう走りだしていた。

早くとめないと、エクストラが危ない！

◆

ライトアップイベントは、ホタル祭りのすぐとなりで開催されていた。

浅瀬で揺れるたくさんの提灯船。その近くを若いカップルたちが散歩していて、とてもロマンチックな雰囲気だ。

俺はそこを、ぜぇ、ぜぇ、ぜぇ……と喘ぎながら走っている。

エクストラは……いない……。たしかに、ここにいたはずなのに……。

がっかりすると同時に、安心もした。

　これだけ人がいるんだ。川で誰かが溺れていたら間違いなく誰かが気づく。警察もきてないし、最悪の状況にはなってない。

　ひとりで歩いている女性を見つけ、「すいません」と声をかけた。

「紫髪の女の子を見ませんでしたか？　川に入ったみたいなんですけど……」

「……紫髪？」

　首をかしげて、目線を上げる。

「ああ！　三〇分くらい前、そういう子を見ました。川の奥に入っていたので、まわりの人に注意されて、岸に戻っていましたね」

　間違いない。エクストラだ！

「それでっ？　どこに行きましたかっ？」

「さ、さぁ……」

「そうですか……。ありがとうございました……」

　他の人に聞いても、だいたい同じようなこたえだった。

　エクストラは、たしかにここにいた。でも、今はいない。

「た、為明くーん……。ひぃ、ひぃ……」

　おさげちゃんと扶姫が追いついてきた。

扶姫は余裕がありそうだけど、おさげちゃんはヘトヘト。俺の前までくると、両手を膝にあて、ぜぇー、ぜぇー、ぜぇー……と肩を上下させた。

「エ、エクストラ、ちゃん……。おったんか……？」

「……いや、それがいなくて。たしかにここにきたはずなんだけど……」

「……そうなんや……」

「茶子（ちゃこ）、大丈夫……？　苦しそうだけど……」

「……うん」

ようやく呼吸が落ち着いてきた。

顔を上げ、汗を拭う。

「……写真の場所って、どこやったん……？」

「えっとぉ……」

俺が説明するより先に、扶姫が裾をたくし上げ、じゃぶじゃぶじゃぶ……と川に入っていく。立ち止まってまわりを見たのち、「このへん」と言いながら振り返った。

ハッ……。

あらためて見て、初めて気づいた。

岸と扶姫の延長線上に、巨大かつ冷たい建物の影がそびえている。

あれは、足川クリーンセンター。

恐ろしいイメージが浮かび、俺は声を震わせる。

「あ、あのさ……。ゴミになったスマホって……。茶子は……どうする……？」

「え？ それは、捨てるやろ？」

「捨てられたスマホって……。どうなると思う……？」

「なんで、そないなこと――」

「ごめんっ、すぐ調べてくれない？ ゴミになったスマホがどうなるか」

「……う、うん……。ちょっと待ってな……」

スマホを出し、調べはじめた。

二分後――

「……スマホショップに引き取ってもらうか、家電量販店の回収ボックスに入れるのが普通みたいやで……。足川市は、不燃ゴミでも捨てられるらしいんやけど、その場合は、ちゃんとメモリーを消去せな危ないって……」

「それで、最終的にどこに行くの？」

「……このへんやと、足川クリーンセンターやで」

最後のピースがはまってしまった。

パズルが完成したら、普通はうれしい。でも今は、まったく喜べない。完成したのが、
とても恐ろしい絵だったからだ。

整理すると、こうなる。

俺にゴミと言われたエクストラは、自暴自棄になり、ホタルに自分を重ねた。

ホタルになったつもりで川を渡り、その先にある、最期の場所を目指した。

最期の場所とは……足川クリーンセンター。

歩いて渡れなかったエクストラは、渡世橋から、最期の場所に向かったに違いない。

「……やっとわかった……。エクストラがどこに行ったのか……」

「え？　わかったんか？」

「エクストラは、足川クリーンセンターに行ったんだと思う。きっとあそこで、消えるつ
もりなんだ……」

「ふぇっ？」

おさげちゃんの声が裏返った。

「そ、それはないやろ！　考えすぎやない？」

そう思いたいけど、悪い予感は払拭できない……。

俺には、悪いことをした自覚がある。傷つけたっていう罪悪感もある。

おさげちゃんはそれがないから、軽く考えられるんだ。

「……手遅れかもしれないけど、俺は行くよ……。足川クリーンセンターに」

「いや……」

◆

なんでゴミスマホなんて言っちゃったんだろう？　どうして、フォローできなかったんだろう？　タイムマシンがあるなら、今すぐ戻ってやり直したい。

俺は後悔しながら走っている。

右には土手、左には木々、すぐうしろでは、おさげちゃんが必死な形相で追いかけてきている。連絡できないと大変だからって、ついてきてくれたけど、体力は俺以下だし、浴衣だから、かなり辛そう。ちなみに扶姫は、祭り会場に戻って、エクストラを探してくれている。

「……は、はぁ、はぁっ……茶子、大丈夫っ……？」

うなずいているけど、表情は限界と言っている。

エクストラのためとはいえ、おさげちゃんを置いていくわけにはいかない。

ペースを緩めたとき、急に視界が開けた。

「こ、これが……足川クリーンセンターか……」

闇にそびえる巨大な建物を見上げながら、足をとめた。

昼に見るのと、まったく印象が違う。

絶壁のような壁、夜空に突き刺さる煙突、きっとあの下で、ゴミを溶かしてるんだ。

ふと、映画のワンシーンを思い出した。

シュワルツェネッガーが、サムズアップしながら溶鉱炉に沈んでいくシーン。あれを見たときは泣いたけど、もしエクストラがそうなったら、泣くどころの話じゃない。

「……た、為明くんっ……」

不定期な呼吸の合間から、おさげちゃんが言葉を投げかけてくる。

「……は、走ってるとき……。気づいた……んやけど……。この時間じゃ……はぁ、はぁ……やってないんと、ちゃう……？」

「……え？」

俺はしばしフリーズ。

たしかに……門は閉まっている……。エクストラどころか、人っ子ひとりいる気配がない……。

「……今ってさ……何時？」

「えっと……二一時……すぎたとこやで。普通は一七時で閉まるから、エクストラちゃんも……入れてないと思うんやけど……」

「…………」

茫然と突っ立っていたら、チロリーンッ、とおさげちゃんのスマホが鳴った。

「あ、扶姫ちゃんからメッセージや」

扶姫から？

直後、スマホを見つめるおさげちゃんの目が、大きく見開いた。

「為明くんっ、エクストラちゃん、いたらしいで！」

……へ？

「嘘っ？　ど、どこにいたのっ？」

「ホタル祭りの落とし物預り所やって。エクストラちゃん、迷子になってそこに行ったらしいで。為明くんがこないから泣いとるらしいで」

「――っ！」

全身から力が抜け、へなへなと座りこんだ。

結果として、俺の考えすぎだった……。

たしかにエクストラは、自暴自棄になるような女じゃない。知ってたのに、ネガティブに考えすぎた……。やっぱり、俺に罪悪感があったからか……？　それにしても、落とし物預り所って……。ああ、スマホだから、迷子センターじゃなかったのか……。

二〇分後――

ホタル祭りの会場は閑散としていて、屋台の半分は撤収していた。

三角屋根の「落とし物預り所」と書かれたテントに入ると、エクストラが泣きながら走ってきた。

俺の両肩をつかみ、ぐしゃぐしゃになった顔を、胸にこすりつけてくる。

「だめ明(あき)ぃー……どうしてきてくれなかっだのよぉー……。うう、引き取り手がいないまま三ヵ月たったら、落とし物は処分されちゃうのよぉー……。もう会えなくなるかと思ったじゃないー……」

「い、いや……。さすがにおまえは、処分されないと思うけど……」

まぁでも、エクストラはそう思ったらしい。不安だったのは、俺だけじゃなかったみたいだ。

俺は肩に手を置き、はぁー、と安堵(あんど)の息を吐いた。

「エクストラ、ゴミスマホなんて言ってごめん……。でも、見つかってよかった。俺、ホタルになって、消えたのかと思った……」

「……うわーんっ……」

エクストラは、いっそう激しく泣きだした。

「……わ、わたしもっ、カンガルーとか……。ひっく……。う、嘘ついた……」

「いいんだよ！　気にしてないから」

こんな俺たちを見守っているのは、協力してくれた女子ふたり。

ただ、反応は違っている。

おさげちゃんは胸を撫(な)でおろし、扶姫は肩をすくめ、それぞれこう言ってきた。

「よかったやん、為明くん。うちもホッとしたで」

「うん、ありがとう茶子(ちゃこ)」

「本当に人騒がせな奴(やつ)」

「……ご、ごめんなさい……。芹山さん……」

第五章　スマホを持っていなくても・・・友達になれる

「パスしろ、無理するな！　右サイドがフリーだぞっ」

右サイドって——また俺かーっ！

五時間目の体育。

今日は雨が降ってるから、体育館でフットサルをやっている。

観るのはまぁまぁ好きだけど、やるとなると話は別だ。

そもそも俺は、スポーツ全般が苦手。ボールこないで、ボールこないでぇ、ボールこないでぇー……と祈りながら、コートの中を逃げまわっている。

が、逆にいいスペースに入っているらしく、ボールが集まってきちゃう。

ボールを蹴る音。

サッカーボールが、光を反射しながら放物線を描いて落ちてくる。

パスなんて欲しくないけど、チームのみんなに睨まれるから、さすがにスルーはできない。

我ながら下手なトラップ。

どうにか足元におさめようとしていたら——

「前を開けるな」

「つぶせっ」

「うおおおおおおおおーっ」

ラグビー部のゴリラみたいな奴が突っこんできた。

刹那、ボールを奪われ、コートの外に飛ばされてしまった。

ピーッ！

「うあ？」

倒れた俺にやっと気づいたらしい。ゴリラがとまって振り返った。

「おお、悪ぃ……。大丈夫かぁ？」

「いや……その……うぐぐ……」

大丈夫なわけないじゃん……。体重差考えてくれよ……。ああ……どうしてこういう輩は、他人も頑丈だって思ってるんだろう……？　永遠にわかり合えない人種だ……。

「日比谷、大丈夫か？　ちょっと見せてみろ」

体育の教師が駆け寄ってきた。

「は、はい……。いてて……」

　背中をさすりながら起き上がり、腕や足、腹なんかを見せてみる。

「うーむ……。見たところ怪我はなさそうだな……。動かせるか？　ちょっと動かしてみろ」

「……はい」

「………大丈夫そうだな……。だが、大事をとって今日は見学にしろ」

　見学か……。

　まぁ、ちょうど休みたかったし、怪我もないならよかったかもしれない。

　ふらつきながらコートを出て、床に座った。

「はぁー……」

「おーい、日比谷ぁー」

　声が聞こえて見上げると、二階の高さの通路から襟巻が手を振っていた。

「上がってこいよ。足は大丈夫なんだろ？」

　そういえば、襟巻は最初から見学だったな……。

　授業の前に「熱っぽくて……」と言いながら、わざとらしく咳をしていた。あの調子だと、やっぱり仮病だったみたいだ。まぁ、別にいいけど。

二階に通じているのは、ステージ裏にある階段。

横の入口から入ると、ステージ裏は、薄暗くひんやりしていた。

あれ？　人影？

……扶姫だ。

階段に腰かけ、スマホをいじっている。どうやらサボっているらしい。

向こうも俺に気づき、無言で睨んできた。

ホタル祭りはいっしょだったけど、やっぱりまだ、ふたりだと怖い……。おさげちゃんとセットだったら、大丈夫なのに……。

「……えっと、なにやってるの？　ゲーム？」

「……関係ねーだろ」

「そっすよね……」

おさげちゃん、どうしてこいつとふたりで話せるんだろ……？　俺の中の七不思議だ。

ササッと横を通り抜け、階段をのぼっていき、二階の通路に出た。

襟巻はバスケットゴールの裏。手すりに片肘を突き「よっ」と手を上げた。

「日比谷ぁ、災難だったなー？」

「ああ、いや……休みたかったから……ちょうどよかったよ……」

となりに並び、手すりに寄りかかった。

屋根に近いから、雨の音がよく聞こえる。

「襟巻はなんで見学してるの？　フットサル得意じゃなかったっけ？　昼休みもやってるよね？」

「おお、よくぞ聞いてくれた。たしかに俺は玉蹴りが好きだぜ。だが、もっと好きなものがある」

「もっと好きなもの？」

「ふふーん、それはな――」

ずいっと体を寄せ「あれさ」と指さした。

なるほど……。

今日は第二体育館が使えないから、第一体育館を男女で半分ずつ使っている。襟巻がさしているのは、バレーボールをしている女子たちだ。

「へへへ……こんな近くで拝める機会はなかなかないぜ。見ろ、制服もいいけど、体操着のほうが、ヒップの形が見えていいよなぁー」

「ああ、うん……」

「ま、いくらよくても、ひとりで見てちゃ退屈するってもんよ。おっ、見ろよ、おまえの彼女がサーブを打つぞ」

は？　俺の彼女？

誰のことかと思って見たら、おさげちゃんがサーブを打とうとしていた。

「いや、違うから！　俺、茶子と付き合ってないから」

「あん？　いつもいっしょにいるじゃねーか」

「ただのメル友だって」

「へぇー、そうなのか」

右目の横に指をあて、「ピピピピピ……」と変な声真似をする。

「ふーむ……。俺のスケベターによると、顔一万、スタイル二〇〇〇、総合女子力一万二〇〇〇ってところか。玉露とまではいかねぇが、新茶レベルではあるな」

「一万二〇〇〇って、高いってこと？」

「まぁー俺はロリっぽくてタイプじゃねーけど、顔はかなり整ってる。キュッと締まってる尻も悪くねーぜ。おまえと似てるし、お似合いだろ」

お似合い……？

おさげちゃんが腰を落とし、アンダーハンドでサーブを打った。

当たりどころが悪かったのか、ボールは真上に飛んでいき、あれれ？　という感じでキヨロキョロ……。上に向けた顔にボールがヒットし、小さな悲鳴をあげた。

　アタタタ……。

　やっぱりあの子、俺に負けず劣らずどんくさい。

「……まぁ、うん……似た者同士なのは……認めるよ……」

「それだけかよ。まぁ、たしかにそうだよな！　おまえ、あんなカワイ子ちゃんと同居してるもんなっ。他の女なんてどうでもいいよなっ」

「……それって……エクストラのこと？」

「他に誰がいるっ？」

　体をこっちに向けると、俺の両肩をつかみ、前後に揺らしてくる。

「いいよな！　いいよな！　毎日いっしょにごはん食べてるんだろ？　あーん、とかしてもらってるんだろ？　まさか風呂もいっしょなのか？　いっしょじゃなくても同じ湯を使ってるんだろ？　なぁなぁなぁっ、そうなんだろー？」

「いや、そういうことは――」

「お、そうだ。いつかの約束忘れてねーだろうな？　極上ちゃんとデート一回、いつになるんだ？」

　あっ、ヤバい！

目を泳がせてバレーコートに向けると、俺の視線に気づいたのか、襟巻の肩越しに、エクストラと目が合った。

プイッと逸らす——かと思ったら、腰に手をあて俺を指さしてきた。表情から察するに、わたしの華麗なスパイクを見てなさい、と言いたいようだ。

直後、エクストラが走りだした。

体のバネを使って大きくジャンプ。

おおっ高い、と感心したのも一瞬のこと。エクストラは豪快に空振りし、勢いそのままネットに突っこんだ。

「ちょ、ええっ？　大丈夫なの？」

幸運なことにネットが外れ、エクストラは絡まりながらゆっくり落ちていく。

床に落ちた姿は、網にかかったマグロだ。

襟巻は俺の反応でなにか起こったと察したらしく、振り返って「なんだー？」と声をあげた。

「……極上ちゃん？　どうしたんだ……？　いったい、なにが起これば ああなる……？」

「いや、その……なんて説明すればいいか……」

怪我がないかは心配だけど、襟巻はデートの話を忘れた様子。ある意味、ファインプレーだ。

当然ながら、バレーボールは中断。

コート外でレシーブ練習をしていた生徒も集まってきて、エクストラを救出し、ネットを張り直している。

その中に、千元(せんげん)さんの姿もあった。

ああ、体操着姿も新鮮でいい……。キラキラ輝いて見える。

襟巻も千元さんに気づき、右目の横に指をあてた。

「さーて、千元弓子(ゆみこ)の女子力は……。ピピ、ピピピ……　ボンッ！」

芝居がかった動きで「うおっ」と、のけぞった。

「ちっ、測定不能だ！　俺のスケベターが壊れちまった。まぁでも、総合力だとダントツだろうな。器量よし、成績よし、性格よし、そのうえ、男に媚(こ)びない、なびかない。清廉なイメージが最強だぜ」

「そうだよね！　千元さんは、やっぱりいいよね！」

なんだかうれしい。推しのアイドルを褒められた気分だ。

と同時に、不安にもなった。

やっぱり、襟巻もいいと思ってるんだ……。いや、きっと襟巻だけじゃない。男はみんな、いいと思っているはず……。で、でも大丈夫だ……。襟巻も「男に媚びない、なびかない」って言ってた。俺もそう思う。千元さんは、そう簡単に変わらない。誰かと付き合ったりしない。

「にしてもガードが固いよなぁ。誰もIDゲットできねーし……。全員様子見状態で、誰も手を出せない。でも、そろそろだ……。俺のつかんだ情報によると、そろそろ、状況が動くぜ」

そう言う襟巻の瞳は、怪しく光っている。

動くって——

「どういうことっ？　詳しく教えて！」

「ほら、もうすぐ夏休みだろ。美人の彼女といっしょに、夏をウハウハしたい奴はわんさかいる。多少強引でも、このタイミングで動く男は多いだろ。ガードが固くてみんな尻込みしてるが、告白されて断られたって話も聞かねぇ。強引に押せば、意外に攻略できるかも。この前、そんなこと言ってた奴いたぜー」

「なっ……」

まったく笑い飛ばせない。

現状、千元さんのまわりに男の影はない。でも、これからもそうとは限らない。俺なんかよりずっといい男が、正面から突破しようとしたら……。ＯＫしちゃうんじゃないか……？

「それにしても——」

襟巻が手すりに体をのせ、体育館をゆっくり見渡した。

腕組みして、眉をひそめる。

「あいつが……いねぇな……。どこに行ったんだ？　サボりか？」

「……あいつって？」

「あの不良女だ！　いろいろヤバい奴だが、外見だけならすげぇぞ！　とくにあのスタイル……モデル並みだろ？　あの尻もパーフェクトだ。昨日の夜も夢に出たから、撫でて撫でて撫でて撫でて、思いっきり、撫でまわしてやったぜぇ！」

ああ、扶姫のことか……。

表現はどうかと思うけど、俺もおおむね同意だ。胸も大きいし。

「芹山さんなら、授業に出てないよ。さっきそこの階段で——」

「今はここにいるけど」

え？

襟巻と見つめ合い、い、今、おまえが言ったのか？　俺じゃないよー、じゃ、じゃあ……今の声って、と、目だけで会話する。

錆(さ)びたブリキ人形みたいに振り返り、ふたり同時に「アーッ！」と叫んだ。

扶姫だ！

汚物でも見るような目で、俺たちを見つめている。

俺も襟巻も、ほぼ同時に走りだし、我先にと逃げていった。

◆

その日の夜、英語のテキストと睨(にら)めっこしていた俺は、「あー、ダメだ」と言い放ち、髪を掻(か)きむしった。

集中しなきゃいけないのに、ぜんぜんできない……。

そろそろ授業で「期末テスト」っていう単語が聞こえはじめた。まだ範囲は知らされてないけど、苦手教科は早めに準備しておきたい。そう、わかってはいる。わかっているのに、襟巻の話が頭から離れない。

「はぁー……」

ギィーッと椅子を軋ませ、天井を見上げた。

……本当に、誰か行動を起こすのだろうか？　もしそうなったら、千元さんは、どうする……？

色恋に興味はなさそう。

でも、だからこそ、安心でもあり不安でもある。軽く断りそうだけど、強引にこられたら、そのまま流されるかも。

待てよ――

「それなら、俺が告白すればいいんじゃないか？」

間。

い、いや……そんな大それたこと……。

そもそも俺は、千元さんにふさわしい男なのか？　とてもじゃないけど、そうは思えない。でも逆に、ふさわしい男って誰……？

それも思いつかない。

ならやっぱり、俺でいいんじゃないか……？　そ、そうだよ……。もし、もしもだよ……。両想いで成功したら――

あんなことやこんなことが思い浮かび、ニヤニヤがとまらなくなる。

おおっ、そうだ、やるべきだ！　やってダメなら、あきらめもつく！

「よし、そうと決まれば――」

立ち上がり、ドアに向かって歩いていく。

ガチャッと開け――

「エクストラあああああああああああーっ！」

ドドドドドドドドド……と、階段を駆け下りていく。

蹴破る勢いでリビングに入った。

「エクストラ！　俺、千元さんに告白しようと思う！」

「……ふーん……」

エクストラの反応は薄い。

俺のほうを見ようともせず、仰向けに寝そべったまま、右手でマカロンを食べ、左手で少女漫画を読んでいる。

ちなみに今日は、「ほぼ新品」とプリントされたTシャツ姿だ。

「ねぇ、エクストラ、聞いてるっ？」

「……聞いてる聞いてるー。で？　今度はどんな病気にかかったの？」

「エクストラあああああーっ」

ソファーに駆け寄り、マカロンの缶を取り上げた。

「お願いだよ！　協力してよ！　襟巻の話だと、近々誰か千元さんに告白するんだって。うかうかしてたら取られちゃうよ。指をくわえて見てるより、ここは勝負するときだと思うんだ。だから——」

「ちょっ、なにするの！」

起き上がり、缶を取り戻そうと手を伸ばしてくる。

俺はひらりと飛びのき、缶を抱えてソファーのうしろに逃げる。

「返して欲しかったら協力して」

「むぅ！　返しなさーいっ」

ソファーのまわりで鬼ごっこがはじまった。

右回りに走り、左回りに走り、もう一度右と見せかけて左に走り——あまりにくだらなすぎたので、三分くらいで終了した。

「はぁ、はぁ、はぁ……ま、まぁいいわ……。話くらいは聞いてあげる……」

「……はぁ、はぁ、じゃあ——」

コホンッと咳払い（せきばら）いして姿勢を正した。

「えー、先ほども言いましたけど、私、日比谷為明（ひびやためあき）は、千元弓子さんに告白しようと思います」

「おかしいでしょ」

「え？」

「いや、え？　じゃなくて……。急にどうしたの？　わたし、あんたのまわりに四六時中いたけど、ぜんぜんそういう流れに見えなかったわ。そういう流れあった？」

「……えっと……」

そう言われると困ってしまう。

「う、うーん……」

腕を組み、首をひねって記憶を呼び起こしていく。

「……千元さんの好きな本を俺も読んでて……それでちょっと話したかな。あと、お祭りのときに、俺のほうを見て『また学校で』って言ってくれて……」

「それで？」

「……それだけです……」

「…………」

「いやっ、好きって気持ちは本物だから！　大切なのは気持ちだろ？」

「大切なのはプロセスよ。プロセス無視して強行しても成功しないわ。万一成功しても維持できないし、逆に苦しむことになる。まずは弓子のＩＤをゲットする。それを足掛かりに関係を築いていく。友達になって、深く知り合って、そのあと告白。そもそもあんた、本当に弓子が好きなの？　好きっていう気持ちはね、簡単そうで難しいのよ。自分の気持ちをたしかめるためにも、プロセスを大切にしたほうがいいわ」

「なっ……。そんなことしてたら何ヵ月もかかるよ！　早い者勝ちなのに……誰か告白しちゃったらどうするのっ？」

「どうせ失敗するから気にしなくていいわ。てゆーかわたし、あの子なーんか気に入らないのよね。『はい。では、いつか』とかはぐらかしてさ。いまだにＩＤ交換してないじゃない。あの子が応じれば、クラス全員コンプリートできるのに」

「なっ……」

今の言葉でわかった。

そうか……そういうことか……。

エクストラは、前から千元さんを嫌っていた。もっともらしい理屈を並べているけど、本当は、嫌いで反対してるんだ……。

つまり、こいつに相談しても無意味。むしろ邪魔されかねない。

追い打ちをかけるように、エクストラはこう言ってきた。

「……う━ん、やっぱり告白はやめたほうがいいわ。恋織キララも、恋愛ブログで似たようなこと言ってる。たとえその子が拒否しても、自分のために突き進むのが恋。たとえ自分が泣いても、その子のために尽くせるのが愛。両方あれば恋愛できる。焦っちゃダメ。焦らずいっしょにいる時間を増やして、両方あるかたしかめなさい、って」

くっ、なにを言うかと思ったら！

そもそもこのスマホは、頭の中で情報を見て口頭で伝えている。自分のいいようにいくらでも改ざんできる。恋織キララが、本当にそう書いていたのか、それすら怪しい。千元さんが嫌いだから、てきと━にでっち上げただけじゃないのかっ？

怒鳴りつけてやりたいけど、ここは我慢だ……。

エクストラは協力してくれない。むしろ邪魔するかもしれない。それなら説得されたフリをして、こっそり決行すべきだろう。

「そっか━、あの有名な恋織キララが言ってるなら、しかたないね━。ありがとうエクストラ。俺、プロセスを大切にしてみる━」

「あれ？」

エクストラが眉を上げげた。

「今日はずいぶん素直なのね。まぁ━わかればいいのよ。じゃ、とりあえずIDをゲットしてきてね」

「うん、俺、頑張るよー」

……こいつはもうダメだ。信用できない。

といっても告白なんてしたことないし、ひとりは心細い。協力者が欲しいけど、エクストラ以外ってなると……。やっぱり、あいつか……。

◆

「なーるほど。それで俺に相談してきたってことか。日比谷……いや、兄弟、よくぞ打ち明けてくれた」

肩に手をのせてきたのは、襟巻倫太郎(えりまきりんたろう)。左の頬にシップを貼っているのは、昨日、扶姫(ふき)に殴られたからだ。

ちょっと心配だけど、俺は協力者に襟巻を選び、心の内を打ち明けた。

ちなみに今は、二時間目の体育。校舎の日陰で見学している。

他の時間だとエクストラがいて、こういう話はできない。体育は男女別だから、俺は事前に「相談したいことがある」と話し、襟巻に見学してもらっていた。

　襟巻は、しみじみうなずいている。

「ああ、よーくわかるぜ兄弟……。おまえの気持ちがよぉー」

　よかった……。理解してくれたみたいだ……。

　でも安心するのは早い。「よーくわかる」という言葉は「俺も千元弓子が好き」という意味にもとれる。味方じゃなく、恋敵になるかもしれない。

　恐る恐る聞いてみる。

「……でもそれって、襟巻も千元さんが好きってこと……だよね……？」

「嫌いな男なんて、いるわけないだろ。まぁでも安心してくれ。俺は誰かひとりに決めるより、いろんな美女のうしろ姿を、腰の高さから愛でたいタチだ。おまえが一線を越えるっていうなら、全力で応援するぜ」

　おおっ！

「本当に？」

「男に二言はない」

　尻好きの変態だけど、今は頼もしい味方だ。

　さっそく、ご意見を拝聴してみる。

「——それじゃ、どう思う？　エクストラの話」

「ああ……。うーん、そうだなぁー」

顎を指でさすりながら、遠くを見つめた。

「ま、典型的なプロセス厨ってとこか？　極上ちゃん、恋愛ドラマとか少女漫画とか、それ系ばっかり見てんじゃねーの？」

「あ、うん……。エクストラは、恋愛ドラマも、少女漫画も大好きだよ」

「だろ？　恋愛を美化しすぎだ。だいたい、あの手のやつに描かれる恋愛は、運命的に男女が出会って、喧嘩したり、夢を追ったり、いっしょになんかを乗り越えたりして、少しずつ惹かれ合っていく。目が合ってドキドキ、手が触れてドキドキ、なかなか想いを伝えられずに、何度も何度も何度も何度も、おいこら、いい加減にしろよ、って叫んじまうほどすれ違う。んで、疲れたころにやっと告白。いったいなにがあったのか、敵だった奴まで応援して、みんな笑顔のハッピーエンド。まったく笑っちまうぜ。まぁ、極上ちゃんも、こういうもんだと思ってるんだろ？」

「そうかも……」

「だが、現実の恋愛は違ーう！　結果がすべてだ！　取るか取られるか、その二択しかねえ。プロセスばっかありがたがって、そのあいだに取られちまったら、意味ねーだろ」

「おおっ、そうだよ！　そのとおりだよ！　じゃ、じゃあ……やっぱり、今、行くべき

「……？」

「もちろんだ！　めんどうなことは全部すっ飛ばせ。壁ドンして顎を持ち上げ、問答無用で唇を奪え。唇を離したら、決め顔で言ってやれ。おまえが好きだ。俺の女になれ、ってな。口じゃ嫌って言うだろうが、体はズギューンってなってる。ビンビン感じてる。心はもう落ちたがってる。つまりはやったもん勝ち！　現実の恋愛っていうのは、そういうもんなんだよ！」

ええ？

「……い、いや……それはさすがに……青年漫画の見すぎじゃ……？　普通に犯罪だし……。ま、まぁでも、方向としては同意だよ。取られちゃったら意味ないと思う」

「だろ？　よーし、そうと決まったら放課後に決行だ！」

「放課後っ？」

声が裏返ってしまった。

「……え、えっと……まさか……今日の放課後ってことは、ないよね……？」

「なんだ？　見たい尻アニメでもあるのか？」

「そうじゃないけど！　いくらなんでも急すぎない？」

「ノーノー、兄弟……」

チッチッチッと指を振っている。

「いいか？　相手はあの、千元弓子だぞ。狙ってる奴はいくらでもいる。俺たちのたくらみが漏れちまったら、すぐにでも告白ラッシュがはじまる。イケメン共が動きだしたら、おまえにチャンスはまわってこない。兵は拙速を尊ぶ、この意味わかってるな？」

「たしかに……。でも、エクストラはどうしよう……？　放課後なら、ついてきちゃうと思うけど……」

「極上ちゃんはおまえのスマホだ。おまえがどうにかしろ。あとの手はずは、俺にまかせておけ」

性急すぎる気はするけど一理ある。

なにより、全力で応援すると言ってくれた。無意味に延ばして熱を冷ますより、このままやるべきという気がしてきた。

「わかった。俺、やるよ。今日の放課後にやる」

体育後の一〇分休み――

俺は次の授業の準備もせず、自分の席でぼーっとしていた。

今日の放課後、千元さんに告白する。

それはもう決まったことだ。決まったことなのに、現実ではないような、夢の中にいるような、地に足つかない気持ちになっている。

そもそも俺は、告白自体が初めて。

アニメか、ドラマか、小説の中でしか見たことがない。あれを今日、俺がやるんだ。しかも相手は千元さん……。

顔を上げて前を見ると、千元さんは、近くの女子と談笑していた。

内容は聞こえない。聞こえないけど、愚痴とか、悪口とか、そういうのじゃないのはわかる。

本当に素敵な子だ。あの子のまわりだけ世界が違う。輝いて見える。

でも、別世界の人みたいで遠い……。ものすごく遠い……。

今日、この距離を一気に縮められるのか？　俺は今日、笑って帰るのだろうか？　泣いて帰るのだろうか？

「為明くん」

「…………」

「為明く〜んっ」

「ハッ」

名前を呼ばれて横を向くと、おさげちゃんが心配そうに見つめていた。

「どうしたん？　やっぱり今日、調子悪いんか？　さっきの体育も見学しとったやろ？」

「あ！　いや……」

ハハハッと笑い、おどけた感じで両手を振る。

「心配しなくていいよー。どこも悪くないから」

「え？」

不思議そうに首をかしげた。

「……どこも悪くないのに……見学しとったんか……？」

うっ、しまった……。

「いや！　そうじゃないんだけど！」

「サボりよ、サボり。こいつ、球技が苦手だからサボってたのよ。この前、フットサルで倒されたらしいし、基本的にどんくさいのよねー。サッカーみたいな器用さがいるスポーツ、ぜんぜんダメなの」

口を出したのはエクストラ。

おまえはマグロになってたじゃねーか！　とツッコミたい気持ちはある。あるけど、ここは我慢……。

むしろ、この流れにのるべきだ。

「そうなんだよね……。俺ってさ、すっごく不器用だから……」

「うちもやで！」

おさげちゃんの口調に力がこもる。

「この前なんてな、サーブ打ったと思ったらボールが消えよって……。あれー？　って思って見上げたら、顔に落ちてギャフンってなったもん」

ああ、あれか。

思い出して、フフッと笑いが漏れた。

特別感はないけど、おさげちゃんと話していると楽しい気分になれる。

笑いが伝染したのか、おさげちゃんも笑っている。

「あっ、そうや。いいこと思いついたで」

「え？　いいこと？」

エクストラも興味津々（きょうみしんしん）で「なになにー？」と聞いてくる。

「バレーをガンバレー、なんてな」

「…………」

「…………」

おさげちゃんは一瞬固まり、「うわあああーん！」と叫びながら逃げていった。

うーん、あれさえなければなぁ……。

◆

三時間目、四時間目、五時間目……と時間はすぎ、気づけば、帰りのホームルームも終わってしまった。

告白を控える俺は、尋常じゃないくらい緊張している。

どうしよう……？　すごく不安になってきた……。

ダメもとでやる気だったけど、やっぱりフラれたくない。絶対フラれたくない。フラれたら、もう、立ち直れない気がする……。

ふと、襟巻と目が合った。

襟巻は親指を立て、グッドラック、みたいなジェスチャーをしている。

ちなみに、事前に決めた手順はこうだ。

まず、エクストラが邪魔できないよう、どうにかする。それを終えたら屋上に行く。屋上で待っていれば、襟巻が千元さんを連れてきて、告白だ。

……まずは、こいつか……。

横目で見ると、なにも知らないエクストラは、せっせと帰り支度をしていた。

視線に気づいたらしく、こっちを見てくる。

「……なによ？　鞄（かばん）も出さないで……どうしたの？」

「あっ、いや――」

ここで悟られちゃいけない。

後頭部を掻（か）きながら、笑顔をつくる。

「俺はちょっと野暮用あるから、先に帰っていいよ。家の鍵も渡すからさ」

「……なによ、野暮用って？」

「ほら、もうすぐテストだろ？　図書室で勉強しようと思って」

「ああ、なるほどね。そういうことならわたしも行くわ。だってぇ、今日は見たいドラマもないしー、ひとりでいてもつまんないでしょ？」

「で、でも……ほら、図書室って静かにしなきゃいけないからさ。スマホがいたら迷惑になるだろ？」

「は？　あんた、わたしをなんだと思ってるの？　図書室に入ったら、マナーモードにするわ」

「えーっと……」

穏便に済ませたかったけど、やっぱり無理そう。

となれば「長猫作戦」を発動するか……。

長猫作戦というのは、童話「長靴をはいた猫」にちなんだ作戦で、エクストラの性格を利用し、機能停止させようというたくらみだ。

まず、こういう質問をしてみる。

「ところでさ、エクストラって今の状態が最高なの？　前使ってたスマホは、高パフォーマンスモードがあったんだけど」

「なっ――」

一瞬の沈黙があり、すごい剣幕で腕をつかんできた。

「馬鹿にしないで！　わたしはハイエンドスマホよ！　モード選択くらいできる！　できないわけないでしょ！」

すごい食いつき。

ハイエンドスマホを自負してるから、煽(あお)ればこうなるって見越してたけど……。予想以上の反応だ。

「……じゃあ、できるってこと？」

「あたりまえよ。今はバッテリー消費を考えてノーマルモードにしてるわ。でも、高パフォーマンスモードにもできるの」

「それなら、やってみて」

「いいわ。ギガの速さでやってあげる。『高パフォーマンスモードに設定』って言いなさい」

「高パフォーマンスモードに設定」

スッと立ち上がり、太極拳でもするように腰を低くした。

腰の横でこぶしを握り、まぶたを閉じる。

「……ハァアアアアアアアアアアアアアアアアアアアアアー………」

なっ、なんだっ？　この雰囲気は？

まるでバトル漫画の「気」を高めるシーン。

紫の髪がふわっと上がり、一瞬だけ、ほのかに輝いた。

「フフフ……」

……あれ？　これで終わり？

構えをとき、不敵な笑みを浮かべている。

「驚いた？　これが、フルパワーになったわたしよ」

「いや、ごめん！　さっきとどこが違うの？　違いがわからないんだけど！」

「ああ、パッと見は変わらないもんね」

　すぅーっと息を吸いこんでいく。

　両目をカッと見開いて――

「スマホも桃も桃のうち！　生麦生米生スマホ！　スマホぴょこぴょこ三ぴょこぴょこ合わせてぴょこぴょこ六ぴょこぴょこ！　裏庭には二羽庭には二羽ニワホがいるーっ！　ハァハァハァ……。どう？　すごいでしょ？　処理速度が上がったから、このくらいは朝飯前よ」

　ええ？　あれだけ盛り上げといて、それだけ？

　肩透かしもいいとこだけど、ここで褒めるのが長猫作戦だ。「スゴイスゴーイ」と言いながら、パチパチパチ……と拍手する。

「でも、さすがに逆の機能はないよね？　省エネ機能的な？　ほとんど機能停止するみたいな？」

「はあ？　逆がないわけないでしょ。省エネモードがあるわ。でも、あれは鬱になっちゃうからちょっと嫌なのよね。スクリーンセーバーでどう？　あれも省エネだし、見てるほうも楽しいわ」

そんな機能があったんだ……。

知らないだけで、エクストラは多機能なのかもしれない。

「スクリーンセーバーってことは、起動までの時間を設定できるんだよね？」

「そう、三分からできるわ。『スクリーンセーバーＯＮ。三分に設定』って言いなさい」

「スクリーンセーバーＯＮ。三分に設定」

「…………」

「……………えっと？」

「話しかけないで。あと、触らないで。三分放置すれば起動するわ」

「ご、ごめん……。そういうことね……」


待つこと三分──


エクストラの肩が下がり、瞳から生気が消えた。

ぴょんっと小さくジャンプ。

つま先立ちになると、くるくる回ったり、手を振り上げたり、無言でバレエを踊りだした。

しめた！

スクリーンセーバーっていうことは、誰かに触れられたり、話しかけられたりしないかぎり、このままバレエを踊り続ける。

もうこれで、エクストラには邪魔されない。踊ってるあいだに告白だ。

俺は席を立ち、教室の外に飛び出した。

廊下を走り、屋上に続く階段をのぼっていく。

屋上は夕方まで出入り自由で、昼休みなんかは生徒で賑(にぎ)わっている。でも、放課後は人がいないはず。稀(まれ)に、楽器の練習で誰かいるけど、今はその音も聞こえない。

鉄扉(てっぴ)を開けて屋上に出ると、外は気持ちのいい快晴だった。降りそそぐ陽光が、水たまりの水面(みなも)で反射している。

まさしく絶好の告白日和――と思ったけど、困ったことがひとつ。

ベンチに扶姫(ふき)がいて、いつものように、ひとりでスマホをいじっている。どうにかエクストラを倒せたのに、まさか、こんな強敵まで待ち構えていたなんて……。告白への道はイバラの道だ……。

扶姫は俺を見るや、スマホをしまって立ち上がった。

両手をポケットに突っこみ、歩いてくる。

「……あ、あの……芹山さん……」

「為明……なにしてんの……？」

それはこっちのセリフですけど！

ま、まぁ、そうは言えないし……。告白しにきました、とも言えない……。

困っていたら、階段のほうから、カッカッカッカッ……と軽快な足音が聞こえ、勢いよく鉄扉が開いた。

「いよー、兄弟、ちゃんときてるな。待たせて悪かったー」

襟巻だ。千元さんは、いっしょじゃない。

「ひぃいいーっ！　芹山！」

扶姫がいると知り、襟巻はガタガタ震えだした。

回れ右して「あー、俺、急用を思い出したぜー」と、帰ろうとしたので、「ちょっと待ってーっ」と慌てて引きとめた。

トラウマなのは知ってるけど、今、ここで帰られたら困る。

扶姫は、俺と襟巻を交互に睨み、「ふーん……」と、わかったふうな顔になった。

なにも聞かずに横を通り、階段を下りていった。

間。

　あれ？　行ってくれた……？

「……お、おい、兄弟……大丈夫だったか？　殴られなかったか？」

「いや、怖いことは怖いんだけど……扶姫はそういう子じゃないから……。ところで、襟(えり)巻(まき)だけなの？　千元(せんげん)さんは？」

「ああ、それなら安心しろ。もうすぐくる。いやぁー目を離した隙にいなくなっちまってよ。帰っちまったのかと思ったが、図書室で見つけた。本を返したらくるらしいぜ」

「……そうだったんだ……」

となると、いよいよだ……。いよいよ、告白するんだ……。

　襟巻が腰を曲げ、鼻先を指さしてくる。

「なんだー？　急に顔色が悪くなったぞ。緊張してんのか？」

「そ、そりゃ緊張するよ！　フラれるかもしれないんだから……」

「安心しろ！　どんな結果になっても、おまえは勇者だ。歴史をつくろうと思うな。伝説をつくれ。それが男の生き方ってもんだろーが。そういう姿勢に女は惚(ほ)れるんだ。思いっきりぶちかましてやれ！」

「う、うん……」

　固い握手を交わした。

よかった……。襟巻のおかげで勇気が出てきた。尻好きの変態だけど、いい奴だ……。

そう思っていたら、また、階段のほうから足音が聞こえてきた。

さっきとぜんぜん違う。静かで落ち着いた感じの足音。

「お？　きやがったな。じゃ、頑張れよ。俺はそこで応援してるからな」

「ありがとう。俺、頑張るよ」

そして——

鉄扉が開き、千元さんが出てきた。

場の空気が一変。涼やかな風が吹き、艶のある黒髪とスカートがなびいている。

千元さんは髪を手で押さえ、片目をつむって苦笑いを浮かべた。

俺のほうを向き、かすかに微笑む。

「誰が呼んでいるのかと思ったら、日比谷くんでしたか」

風がやむのを待ってから、ゆっくり歩いてくる。

すぐ近くでとまると、前で軽く手を組んだ。

「わたくしに話というのは、どのようなことでしょう？」

「あのっ、千元さん——」

「はい」

にっこり笑った。

「…………」

「…………」

……あれ？

言葉が出てこない。

緊張しすぎ？　いや、それもあるけど、本当の原因は別にある。

さっきまでは、熱い想いをぶつければいいと思っていた。

でも、それをやれば絶対びっくりする。間違いなく「なぜですか？」とか「わたくしのどこがいいのですか？」と聞かれる。それは予想できるんだけど……。

そもそも俺って……なんで、千元さんが好きなんだっけ……？

ちゃんと考えたことがない。

もっと言うと、俺は千元さんのことをあまり知らない。ミヒャエル・エンデが好きってくらいで……。それでさえ、あまり理解できずにいる。だからなのか、こうして見つめ合っていても、なにを考えているのかわからない。

……そういえば、好きって気持ちは簡単そうで難しい、ってエクストラが言っていたけど……。

いや、難しく考えるなっ！

好きなのは間違いない。好きに理由なんていらない。本能に従い、この熱い想いをぶつければいいだけだ。

「千元さんっ」

「はい」

バーンッという音。

驚いて目を向けると、出ていったはずの扶姫が、ポップコーン片手に戻ってきていた。

が、それだけじゃない。

「あ、ホントにいたー。だめ明、こんなところにいたのね」

「なんやー？　おもしろそうなことって。ここでなんかあるんか？」

いやあああああああー……。

倒したはずのエクストラ、それにおさげちゃんまで……。

あの不良ギャル、なにかはじまると察して、野次馬を連れてきやがった！　しかもポップコーン片手とか、映画館かよ！

た、たしかに……状況は急変した。でも、まだ終わりってわけじゃない。

むしろ、みんなの前で成功させれば、「公認」ってことになる。

ここで一気に公認ラインまで跳ぶべきだ。

「ちょうどよかった。みんなも聞いて欲しい。俺はここで、ここで、ここで……」

が、やっぱり言葉が出てこない。

そもそも、本当に告白しちゃっていいのか？

もし成功したとして、エクストラとの同居生活はどうなる……？　きっと、できなくなる……。それでいいのか？　あいつなしの毎日なんて……想像できない……。

それだけじゃない……。

もし成功したとして、おさげちゃんとの学園生活はどうなる……？　ふたりで仲良く話したり、ごはんを食べたり、オヤジギャグを聞いたり——いや……オヤジギャグはいらないけど……。と、とにかく、いろいろできなくなる！

助けを求めて襟巻を見ると、怯（ひる）むな、やれっ、おまえならできる！　と、全身を使ってジェスチャーしていた。

そうだ……。男だったら……潔（いさぎよ）く決めるべきだ！

奥歯を噛（か）んで、迷いを潰した。

「そう、俺はここで！　ここでっ、ここで、ここで……えっとそのぉ……。千元さんに……IDを教えてもらおうかと……」

直後、襟巻が崩れ落ちた。

口の動きから「うわぁー……あいつ、ヘタレやがったぁー……」と、嘆いているのがわかる。ごめん……。本当に、ごめん……。俺、無理だった……。

おさげちゃんは二度まばたき。こたえを求めてキョロキョロしている。

「IDって、スマホのIDのことか？」

「あー、そうそう。昨日わたしが言ったのよー。弓子(ゆみこ)のIDゲットしなさいって。だってあの子、『はい。では、いつか』とか言って、ずーっとはぐらかしてきたでしょ？　にしても、やっぱりだめ明ねー。ID交換くらい自然にできないの？　こんな大袈裟(おおげさ)なこと、必要ないでしょ」

「あ、うん……。そうだったね……。ハハハ……」

もう笑うしかない……。

千元さんはというと、胸に手をあて、「そうですか……」と息を吐いた。

整った顔の上に、複雑な色を浮かべている。

「屋上に呼ばれたとき、告白されるのではないかと少し期待してしまいました。でも、I

Dのためにここまでしてくれたのは、とてもうれしいです。と同時に、とても申し訳なく思っています……」

「え？　申し訳ない……？」

「はい。笑われると思って、誰にも言えずにいたのですが……。実はわたくし……スマホを持っていないのです……」

「ええっ？　それはないでしょ！」

いち早く反応したのはエクストラ。

足音を響かせ、俺を押しのける。

「今どきスマホなしのＪＫなんているはずないわ！　茶子もそうだし、扶姫もそうだし、わたしなんてっ、持ってるどころかスマホなのよ！」

「普通は、そう思いますよね……？　でもわたくしは、家の方針でスマホを持たせてもらえません。スマホでみなさんと交流し、楽しみたいという憧れはあるのに……。いまだに叶っていない……。『はい。では、いつか』というのは、いつかスマホを持ったら交換しましょうという意味で……。悪気はなかったのです……」

「……ほ、本当なの？　家の方針って……どれだけ古臭いのよ？」

「わたくしの家は、千年ホテルという老舗のホテルです。わたくしは、あとを継ぎますので……」

そうだったんだ……。

たしかに、千元さんのお母さんは、すごく厳しそうだった……。それにしても、千年ホテルって……駅前にある超高級ホテルのこと……？

俺が考えているうちに、おさげちゃんと扶姫のふたりも、千元さんのまわりに集まっていた。

「ほんまに持ってないんか？　大変やない？」

「……はい、いつも苦労しています……」

「学園からの連絡、どうしてんの？」

「スクールPCの電子メールがありますから、それでどうにか……」

それを聞いたエクストラは、感じ入った表情。

励ますように、千元さんの肩を叩く。

「うんうん、苦労してたのね……。スマホがないと不便でしょ？　困ったときは、わたしを使わせてあげるわー」

「いいのですか？　で、でも、日比谷くんが……」

「あんなのは、別にいいのよ」

「ちゅーか、千年ホテルって、駅前にあるでっかいやつやろ？　じゃ、千元さんって、千年グループのご令嬢なん？　すごいやん……」

「……ポップコーン、食う？」

なんだか、あそこだけ楽しそうな雰囲気だ。

まぁでも、これでよかったのかもしれない。

結局俺は、自分の気持ちさえ、よくわかっていなかった。

まずはそこから。

エクストラ、おさげちゃん、扶姫……そこに千元さんが入ってくれれば、きっともっと楽しくて、刺激的な毎日になる。

いつか自然に、わかるときがくるはずだ。

エピローグ　恋愛についてはどんぶりに乗ったつもりで

足川市の中心部にあるのは、アピカというショッピングセンター。

四階建ての吹き抜けで、中央のサンルーフからは、夏の日差しが降りそそいでいる。

最近となりの市にできたベストレッドに取られたせいか、休日でも空いていて、バッグショップにいるのは、俺とエクストラだけだ。

「見つけたーっ、これよこれ、扶姫のスマホが着てたやつ」

エクストラが回転ラックの前ではしゃいでいる。

指さしているのは、ホタル祭りの夜から欲しい欲しいと言い続けていた、スマホショルダーだ。

扶姫はセクシー系だったけど、パステルカラーのものもあって、エクストラはそっちを見ている。

「うん、やっぱりこのブルーがいいわ。だめ明はどう思う？」

俺は色以前に、買ってどうする気？　と疑問に思っている。

エクストラはこれを「着る」って言ってるけど、いやいや、物理的に無理だろ。

そのスマホショルダーは、縦二〇センチ、厚さ三センチほど。バッグ本体に、同色のショルダーベルトがロック式金属フックでつながっている構造だ。普通のスマホなら入るけど、エクストラは……入らない……。

まぁでも、値札を見たら、三割引きで二一〇〇円（税込み）とある。

これくらいで喜ぶなら、別にいいか。

「いいんじゃない？　じゃ、会計してくるよ」

「やったー。あっ、そうだ。着ていきたいから包装はいらないわ。タグだけ取ってもらって」

「……ああ、うん……」

どうする気なんだろう、と思いながら歩いていく。

レジにいたのは優しそうなお姉さんで、スマホショルダーを出したら「学生さん？」と、話しかけてきた。

「あ、はい……。高一です……」

「へぇ、彼女にプレゼント？　微笑ましいなぁー、って思って見てたのよ。今日は誕生日かなにか？」

俺はカーッと赤くなる。

彼女どころか、スマホなんだけど……。ま、まぁ、説明するのも大変だし、そういうことにしておこうか。

「誕生日じゃ、ないんですけど……。前から欲しいって、言われてたので……」

「ふーん、そうなんだー」

優しい彼氏とでも思ったのか、感心している表情だ。

「お会計は、二一〇〇円になります」

「はい……」

財布の中から、現金を出す。

「あ、すぐ使うので袋はいいです。タグだけ取ってください」

「かしこまりました。では、こちらが商品になります」

受け取ったら、すぐにエクストラが走ってきた。

「わーい、ありがとうだめ明ー」

「別にいいよ、これくらい」

「わたし、大切にするね」

そんな俺たちを眺めながら、お姉さんは幸せそうにうなずいている。

が、それは長く続かなかった。

受け取ったエクストラは、バッグ本体とショルダーベルトを切り離し、ベルト両端の金具を、自分の両肩に装着。俺にくっつき、肩にベルトをかけてきた。

「ちょ、なにこれ？」

「なにこれ？　じゃないわよ。わたしはスマホで、あんたはオーナーなんだから、あんたが背負うに決まってるでしょ」

「ええっ？　いや、でも……これは……」

チラッと見たら、お姉さんはあきらかに引いていて「……おもしろい、設定……ですね……」と、小声でつぶやいている。

新種のバカップルを発見した、とでも思っているようだ。

「ありがとうございました……。またのおこしをー……」

くっそ恥ずかしい！　もうこの店、こられないじゃん！

とはいえ……。店を出て歩いていると、これも悪くないな、と思えてきた。

ショルダーベルトで体が密着するから、自然と手をつなぐ流れに……。

手に力を込めると、エクストラも握り返してくる。

ドキドキするけど安心もする。変な感じだ。

「あっ、だめ明、茶子からメッセージきたわ。今度いっしょに試験勉強しようって。弓子と扶姫も誘おうって」

「へぇ、もちろん賛成だよ。でも、扶姫は……さすがに無理じゃないかな？」

「誘ってみなきゃわからないわ」

絶対無理だと思うけど、エクストラが言うなら、そうなのか。

思えば、俺のまわりはずいぶん賑やかになった。

ドジだけど可愛い茶子もいるし、尻好きの襟巻もいるし、憧れだった千元さんもいる。

もう、ボッチじゃない。

まぁ、欲を言うなら――

「恋人が欲しいんだけど、できるかな？」

「あったりまえでしょ！　わたしはハイエンドスマホよ。できないことなんてないわ。どんぶりに乗った気持ちで、どーん、とまかせておきなさい」

どんぶりに乗ったら沈むよね……？

やっぱり不安だ。

あとがき

はじめまして。早月やたかと申します。

本作は、第35回ファンタジア大賞にて《羊太郎特別賞》を受賞し、出版の機会をいただいた作品になります。

子供のころの私は、一風変わった少年でした。オモチャや家電を分解しては、そこから得た部品で、不思議な機械をつくる。その機械で、大人や友達をびっくりさせたり、笑わせたりするのが、大好きでした。将来の夢は、大発明家。ＳＦ映画に出てくるような発明をして、世界を驚かせてやろうとたくらんでいました。

しかし、大人になってわかったのです。私の頭では、大発明家になれないと。

いつの間にか夢は消え、凡庸な技術者として、人生を消費する日々。小説の執筆に出会ったのはそんなときでした。なんとなく書きはじめ、すぐに夢中になりました。こんなものをつくりたい。あんなものをつくりたい。現実世界ではつくれないものが、小説の中ではできるのです。本作に出てくるπＰｈｏｎｅエクストラは、まさにそれでした。皆様はスマホを使うとき、こんな電話をかけて失礼ではないだろうか？　とか、デートに誘いたいけどこんなメールでいいの？　とか、返信ないけどなんで？　とか、悩んだことはありませんか？　私は頻繁にあります。そのようなとき、スマホがアドバイスをくれたり、いっしょに文を考えてくれたり、慰めてくれたら、どんなに心強いか。そんなスマホが欲しかったから、小説の中でつくりました。

とはいえ、私の未熟で独りよがりなアイディアが、そのまま世に出たわけではありません。大胆に改良し、こうしてお披露目できましたのは、関係者の皆様の、適切なご指導と、ご協力があったからです。

ここからは謝辞になります。

第35回ファンタジア大賞選考委員の先生方をはじめ、賞の選考に携わられたすべての皆様に、心より、お礼を申し上げます。名だたる先生方に読んでいただき、貴重なアドバイスまでいただき、感無量です。特に、本作を強く推していただいた羊太郎先生には、重ねて感謝申し上げます。先生の代表作「ロクでなし魔術講師と禁忌教典（アカシックレコード）」のアニメを見ていたときは、ライトノベルを書こうなんて考えたこともない、ただのいちファンでした。羊太郎先生に推していただいたと聞いたとき、うれしさと同時に、身が引き締まったのを覚えています。

担当編集様。右も左もわからない私を丁寧にご指導くださり、感謝の念に堪(た)えません。客観的視点からの適切なアドバイスはもちろん、私の中からアイディアを引き出すような問いかけや、気楽に相談できる雰囲気づくりは、大変ありがたいものでした。何度もミーティングを重ねることで、私の応募作は、後半を中心に七割程度、改稿されました。悪役からヒロインへと大変身したキャラクターもいます。大胆につくり変えることは、勇気のいることでしたが、信じてやってみてよかったと、改稿作を読んで思いました。まだまだ不慣れな私ですが、今後とも、よろしくお願いいたします。

イラストレーターのPiPi(ピピ)先生からは、素敵な絵をいただきました。私は執筆時、キャラクターの姿を明確に「絵」として見ていたわけではないと思います。たぶん、なんとなくの外見、表情、感情、などが混ざった概念的なものを見ていました。PiPi先生からいただいたキャラデザを見たとき、見慣れているはずなのに、とても新鮮で、感動しました。PiPi先生の繊細かつ柔らかいタッチのおかげで、キャラクターの魅力が何倍にも増したと思います。本当にありがとうございました。

小学校の恩師であるO先生にも、感謝したいと思います。O先生は、私が、文章を書くのが好きな子供であると気づき、特別に、作文の指導をしてくださいました。大学生や大人が中心の弁論大会に、参加させてくださったこともありました。理系の学科を卒業し、メーカーに勤め、小説など書いたこともなかった私が、ふと、書こうと思いたったのも、何度落ちても折れなかったのも、O先生のおかげであったと思っています。

小説という商品は、私ひとりではつくれませんし、小説家としての私も、私ひとりではつくれませんでした。携わってくださったすべての方々に感謝いたします。

そして、この本を手に取ってくださった大切な読者様。

数ある作品の中から、本作を選んでくださり、誠にありがとうございました。πPhoneエクストラは、便利なスマホではなかったかもしれませんが、もし、少しでも笑っていただき、興味をもってもらえたとしたら、この上ない喜びです。エクストラには、まだ紹介しきれていない、ユニークな機能がたくさんあります。次の機会に恵まれましたら、そういった機能を紹介したいと思っています。

では、またどこかでお会いしましょう。

２０２３年１月　早月やたか

お便りはこちらまで

〒一〇二－八一七七
ファンタジア文庫編集部気付
早月やたか（様）宛
ＰｉＰｉ（様）宛

もしもし？わたしスマホですがなにか？①

令和５年３月20日　初版発行

著者――早月やたか

発行者――山下直久

発　行――株式会社KADOKAWA
〒102-8177
東京都千代田区富士見2-13-3
0570-002-301（ナビダイヤル）

印刷所――株式会社暁印刷

製本所――本間製本株式会社

※定価はカバーに表示してあります。
●お問い合わせ
https://www.kadokawa.co.jp/（「お問い合わせ」へお進みください）
※内容によっては、お答えできない場合があります。
※サポートは日本国内のみとさせていただきます。
※Japanese text only

ISBN978-4-04-074918-1 C0193 ◇◇◇